凍齡生活之研究與提案

～成為耐美子，這樣做就 OK！～

凍齡學苑研究所 編著

序

入讀「凍齡學苑」，終身成為耐美子！

歲月讓女人長智慧，也同時丟給我們許多難題。雖然現在不需要經常在熒光幕前出現，但我跟大家一樣，總是努力讓自己保持年輕一點。

二十歲的美麗靠天生，四十歲的美麗，靠的則是持之以恆的學習和實踐。**「凍齡學苑」的誕生及這本書的出版，就是想分享各種凍齡知識，與姊妹們一起參考及學習。**

關於「凍齡」這課題，就讓我先由自己的故事說起吧。

現在的女生很聰明，也許歸功於資訊發達，許多人年紀輕輕，便懂得要塗防曬、勤護膚、喝花茶養生、吃滋補食品。回想我初出道時，完全沒有護膚概念，也不理會紫外線的威力，經常頂著大太陽採訪，出外度假在海灘任意地曬，直至面上出現雀斑，才知道以前不懂保護自己皮膚，多麼傻瓜！

起步晚，但我相信有心不怕遲，肯付出一定有成果。

現在的我，懂得注重保濕及防曬，自己屬乾性皮膚，容易長乾紋，夏天連身體也要塗潤膚露，間中會做facial，在家則每星期敷兩至三次面膜，保持滋潤，偶爾會用蜜糖敷面，既天然又方便。

生活習慣方面，我盡量爭取充足睡眠、拒絕熬夜，飲食多菜少肉，清淡為主。以前吃飯，餐飲總是點咖啡、奶茶，現在會選擇檸檬水，不加糖，取其抗氧化功效，或者乾脆只喝白開水或綠茶。

無論怎樣護膚，我認為睡眠及運動是最重要。即使工作多忙，我都會抽時間做運動。運動能幫助血液循環，面色會比化妝更加好，身體機能健康運作，自然也反映在皮膚上。當然，從事戶外運動，也一定會做足防曬措施。這些看似老生常談的道理，但也是千真萬確！

美麗不是女人的全部，內在美肯定更加重要，但基本的儀容保養，總不能忽略，「有keep」跟「無keep」，分別可以很大。

現在很多人單憑外表根本猜不出年紀，可見歲月不一定那麼可怕。未必需要使用貴價護膚品，不需要注射也不需要整容，但起碼要勤保養，對自己好一點，有足夠睡眠及運動。

總之，肯努力，有恆心，我們都可以成為耐美子！

魏綺珊

「凍齡學苑」研究成員之一

前言

關於「凍齡學苑研究所」及這本書的誕生

愛美，無限年齡。有誰不想保持童顏，看來凍齡，甚至逆齡？

香港人追捧美魔女潮流，約莫是這兩、三年才開始的事，坊間也有個印象，抗衰老美容產品的門檻太高，要身家豐厚如女藝人或闊太，才「凍齡得起」，其他花不起錢的女人，只有羨慕的份兒。

換個光景，在日本，歲月肌市場可是繽紛熱鬧，美魔女也絕非女藝人專利。由熟齡女性雜誌《美ST》主辦的國民美魔女比賽，始於二零一零年，至今已踏入第八屆，據說每年參加者有上二千人。比賽年齡下限是三十五歲，而年過四十的一組報名情況更踴躍，證明凍齡心法，早已走入尋常百姓家，人人都有機會把自己變成美魔女。

一向有說，女人錢最好賺，對許多日本護膚品品牌來說，女性歲月肌市場更是未來「金蛋」所在。日本統計局數字顯示，至二零一九年，五十歲以上女性將佔日本總女性人口的一半；另有美妝品牌調查發現，五十歲以上女性化妝品消費金額，佔市場總額約46.7%；而跟二、三十歲年輕女性相比，六十歲以上女性每月花在美妝品的金額，只相差一百日圓；不難預見，日本歲月肌市場將會進一步擴張，甚至隨著人口老化，逐漸成為市場主導。

龐大的歲月肌市場，對愛美的女士來說肯定是利多於弊。由於技術普及、配套成熟，在日本，女士們不難以大眾化價錢，買到優質的抗衰老護膚品。這些護膚品名目五花八門，毋需特地跑到專櫃，就是住家轉角的藥妝店，也有大量開架貨品，任君選擇。

有人或會想到，醫學美容也日趨普及，然而需要打針、開刀等種種技術與療程，所費不菲，也總有風險。要阻止老態呈現，做個「凍齡．耐美子」，與其找醫生幫手，不如就由自己開始、從日常生活入手。

尤其現時市面有林林總總而且也不太昂貴的護膚保養品可供選擇，問題只是：應該如何選用？又如何使用？

這本書，由關心生活美學的自發組織「凍齡學苑研究所」團隊編寫。研究重點——如何從日常生活開始、以及坊間可得的保養用品著手，讓人成為天然的「耐美子」。

仍然年輕的妳，大可以先參閱作了解，提前掌握護膚須知；而踏入熟齡的妳，這正是為妳而設，一本適合放在手邊、隨時翻閱、每日都可參照實踐的耐美護膚、凍齡生活提案及說明書。

要謹記——真實的年齡歲數有多大，並不是反映衰老狀態的絕對指數！因為只要懂得在日常生活之中加多一點注意、活用一點智慧，我們都可以成為「凍齡・耐美子」喔！

這是一本「凍齡生活提案＋說明書」共分以下四部分：

PART 1：耐美子之基本保養須知

首先，凍齡學苑的調查員會由最基本的日常皮膚保養研究作為起點，搜出令皮膚衰老的原因，提出簡易的護理方法。

PART 2：耐美子之不私藏環球凍齡研究

然後，我們的研究員特意搜羅了古今中外有關凍齡之偏方與點子，讓大家從中參考。

PART 3：耐美子之凍齡生活真人見本

當然，凍齡可不是紙上之談，凍齡學苑的研究員也作為探子，訪問了城中十位從事不同職業、正處於熟齡的真實研究對象，從「凍齡人辦」給出的生活意見，我們可作為參考，為自己訂立「成為耐美子」的實踐方案。

PART 4：耐美子之日常飲食建議

最後，不要忘記，外在美始終源於內在美，為身體補給充足養分，人才可以有活力、神采、好氣色，因此在這部分我們邀請了營養師來為大家推介日常美膚餐單。

目次

PART 1

耐美子之基本保養須知

本篇研究重點：

- 探討導致皮膚老化之成因
- 檢視催化衰老之生活日常
- 成為耐美子之最基本須知

耐美子之不私藏環球凍齡研究

本篇研究重點：

- 搜羅環球各地耐美之道
- 臚列古今中外不老之說
- 揭開隱世偏方駐顏之術

耐美子之真人見本

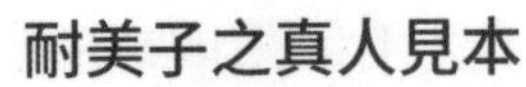

本篇研究重點：

- 各界素人耐美子分享各自凍齡觀點
- 發現生活日常不作空談之耐美點子
- 參考真人見本為自己確立實踐清單

耐美子之日常飲食建議

本篇研究重點：

- 七大主題凍齡飲食提案
- 一星期 7 日之建議餐單
- 由營養師解說相關知識

— PART 1 —

耐美子

之

基本保養須知

本篇研究重點：

- 探討導致皮膚老化之成因
- 檢視催化衰老之生活日常
- 成為耐美子之最基本須知

1-1

耐美子之基本保養須知

妳察覺到自己已開始出現衰老的徵狀嗎？

肌膚老化，沒有一個指定的歲數。不過，讓女士們驚覺「我老了！」的一刻，通常都是因為感到：

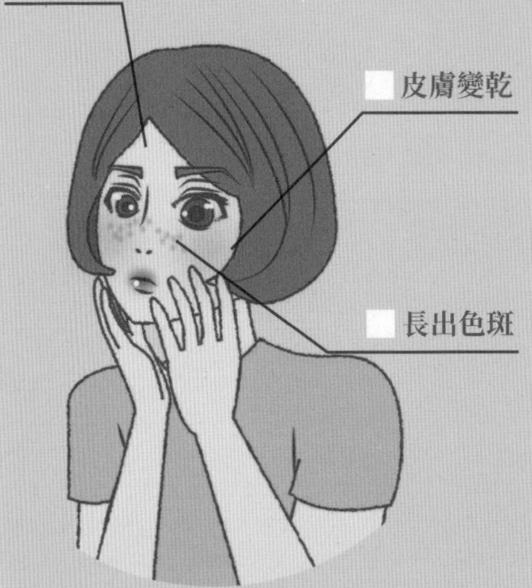

如果以上三樣，妳都剔上了，請注意！因為「歲月肌」的三大特性已在妳的臉上浮現了。

皮膚變乾

皮膚為甚麼會變乾？一大原因，是皮脂腺退化，分泌減少，肌膚難以保存水分。

另外，肌膚天然鎖水因子透明質酸會在大約二十五歲開始流失，至四十歲時，剩下不到一半，鎖水力有跌無升。

還有另一邊關卡：女性步入更年期，卵巢會減少製造雌激素，雌激素的其中一個功能，是促進透明質酸的產生，所以前者一旦下降，皮膚無可避免愈見乾枯暗沉。

呈現皺紋

跟透明質酸一樣會在歲月中悄悄溜走的，還有骨膠原。

皮膚真皮層中約 70% 由骨膠原組成，其作用像床褥裡的彈弓，撐起皮膚，令其緊緻、飽滿。身體原本能自行產生骨膠原，但隨年紀增長，其生產追不上流失。美國匹茲堡大學 Cosmetic Surgery and Skin Health Center 總監 Susan Obagi 指，二十歲後，人體骨膠原產量逐年減少 1%。想像皮膚缺少了彈弓，難免鬆弛凹陷，皺紋叢生。

長出色斑

年紀增長，也會導致皮膚細胞更新速度減慢，表皮層及真皮層萎縮變薄，大大減低防禦力，遇上外來刺激，便容易構成敏感及各種傷害。

例如面對陽光，如果防曬不足，色斑便浮現，甚至一發不可收拾。

當有了一點年紀，感到「歲月肌」呈現了，該如何是好？

1-2

耐美子之基本保養須知

妳是否覺得：保養護膚品，怎麼用都不太見效？

坊間有很多護膚品，妳也許已使用過不少牌子，但妳是否覺得，用過不同牌子的產品似乎都不太奏效呢？難道護膚品的聲稱功效都是騙人的嗎？讓我們研究員跟妳一起詳細討論這個疑惑之前，妳又先問問自己：「通常妳會選用何種質地的護膚品？」

每天上街、上網、雜誌上，都會見到排山倒海的護膚品廣告，當中很多都強調產品質感輕盈、用後清爽不膩，聽得多見得多，難免令人以為：選購護膚品，應以「清爽、易吸收」為準則。事實上真的就是如此嗎？

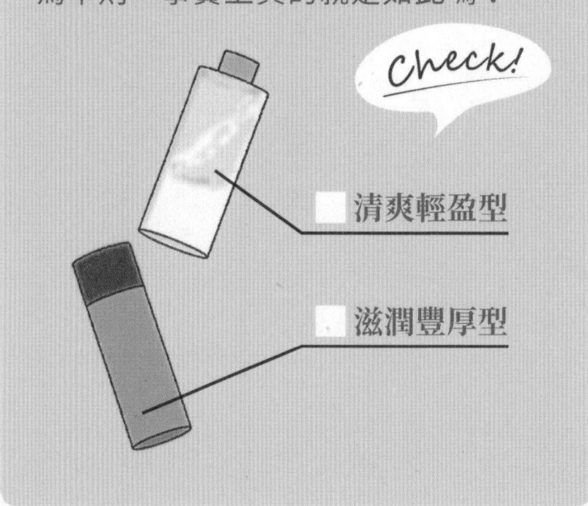

⚠ 須視乎不同年齡的肌膚需要

慢著！妳有沒有留意，不少護膚品廣告，都起用年輕女藝人做代言人？這正好說明，這些產品所針對的用家，其實都主要是「年輕肌」或「初熟肌」。近距離一點觀察一下身邊的少男少女，他們大多都是要去戶外活動時才想起要塗防曬，走進藥妝店，總喜歡揀質感不太油潤，最好質地是夠清爽輕盈的護膚品。這也難怪，青春肌膚嘛，本身膠原蛋白充足，新陳代謝快，皮膚曬黑了幾天後又白回來了，不怕乾燥，只怕油光。

事實上，不同年齡的肌膚，有不同的需要。「年輕肌」水油旺盛，需要控油清爽，很合理；但「歲月肌」的最大問題，就是水油不足，如果還選用清爽型的護膚品，就會愈搽愈乾、弄巧反拙！

給歲月肌的護膚建議

如果自問已不再年輕，踏入歲月肌的年紀了，就請妳要想清楚，清爽輕盈型的護膚品，是否仍然適合自己使用了。首先，妳的皮膚現在是否比起以前變得較乾了？另外，已經冒出歲月黃的問題了嗎？如果已到了熟齡的階段，卻仍然用上質感清爽的護膚品，妳大可留意一下，塗起來時，是不是發現細紋更顯眼了？這顯然是因為不夠保濕滋潤之故。所以，妳要更自覺，現在自己已經有需要轉用滋潤豐厚型的護膚品了。

歲月肌應棄爽求潤

年輕時妳或者會怕太潤、太油、太黐泅泅，怕會塞毛孔、會長粒粒；而當過了四十歲，開始長紋了，冬天皮膚乾癢，臉頰無可避免地下垂，要延緩衰老，加快肌膚復元，就必須要學懂擁抱「潤」。

注意保持肌膚的油分

一直有說，油性肌比較不易長皺紋，這個說法得到了日本研究人員的確認，相關結果也曾刊載於醫學期刊《Clinical Anatomy》上，研究發現油性肌膚由於皮脂腺發達，額頭紋明顯較少。由此可見，油分絕對是凍齡的關鍵之一，這也解釋了，為何針對「歲月肌」的護膚品，質地大都濃潤黏膩。

如果覺得一直用的保養護膚品不怎麼見效，首先便請妳留意，是不是自己的膚質已經改變了？是不是應該要由清爽輕盈型，轉而用滋潤豐厚型的護膚品了？要了解自己的肌膚需要，必須對症下藥，選擇適合的護膚品，才不會白費心機與金錢。

「年輕肌」的護膚關鍵字是「爽」，「歲月肌」就是「潤」。

1-3 妳知道護膚品應該塗多少、又如何塗才對？

耐美子之基本保養須知

上一篇檢視了不同年紀的膚質與相應護膚品質地選用的關係，那麼平日塗護膚品時，妳一般又會用使多少分量呢？

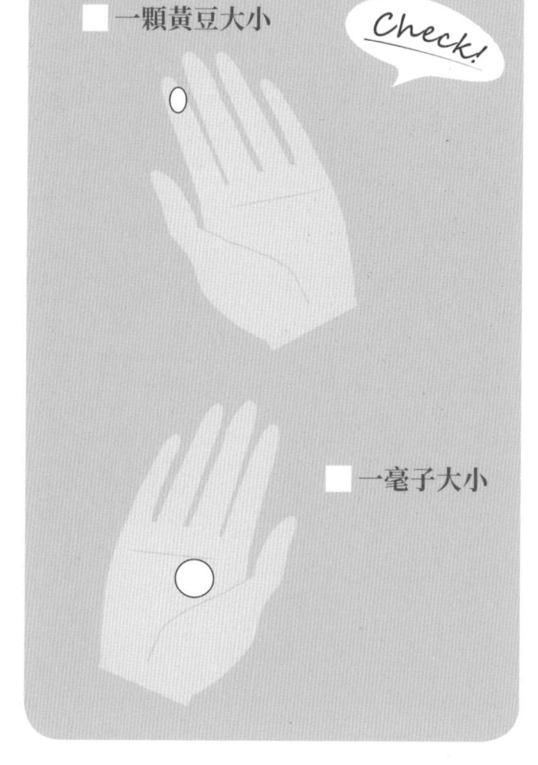

⚠ 護膚盲點：由林志玲個案展開偵查

凍齡研究所的調查員發現，台灣凍齡女神林志玲四十多歲了，她的美貌連英國《MAIL ONLINE（每日郵報）》都驚艷。話說一次她上談話節目時，被主持人大爆她護膚品用量非常驚人，大概是常人用量的三倍！甚至試過因為塗太多護手霜而被握手的另一方嫌棄。這個無心的「爆料」卻正好為大家揭示一個許多人經常都忽略的護膚盲點：如果你覺得護膚品不太見效，除了要考慮上一篇談到的清爽輕盈型或滋潤豐厚型護膚品之選用外，也請妳加多一重思考，就是——妳會否是塗得太少了？

Mail Online

Home | News | U.S. | Sport | TV&Showbiz | Australia | Femail | Health | Science | Money

'It must be magic!' Taiwanese actress's fans are stunned to discover her age... so can YOU guess how old she is?

- Lin Chi-Ling is a model and actress with 367,000 Instagram followers
- The 5ft 7in star, who found fame in Japan, regularly shares striking selfies
- The model has left her followers in awe with her 'elf-like looks'

By BIANCA LONDON FOR MAILONLINE
PUBLISHED: 10:24 BST, 27 September 2017 | UPDATED: 19:59 BST, 27 September 2017

Share 977 shares 691 View comments

A flawless actress from Taiwan has left her thousands of fans in shock after revealing her true age.

Lin Chi-Ling, who is a model and actress with 367,000 Instagram followers, has left her global fans astounded with her revelation online.

The 5ft 7in star regularly shares striking selfies displaying her youthful visage, as well as stunning images from her various fashion shoots.

Taiwanese actress Lin Chi-Ling has left fans stunned after they discovered her age... so can YOU guess how old she is?

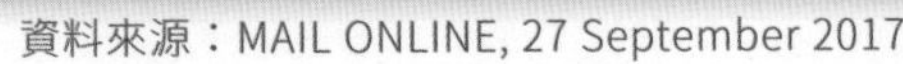

資料來源：MAIL ONLINE, 27 September 2017

⚠ 使用分量：用多少才見效？

護膚品應該塗多少分量？有說黃豆大小，有說一毫子大小；普遍人都會覺得，寧少莫多，因為怕堵塞毛孔、怕太油，還有個「枱底原因」——是想「貴買平用」，尤其買了貴價貨，少塗一點則耐用一點，感覺比較「抵用」。

但對於「歲月肌」來說，黃豆或毫子分量，是否足夠？

成熟肌膚最大的問題，就是乾燥、油脂分泌少，加上每天上班連同交通時間，一天少說八至十個小時都待在冷氣環境中，令皮膚更加乾枯。

其實分量用多用少，還是因人而異。而針對「歲月肌」的需要，如果感到自己的皮膚真是缺水缺油，為防太乾起皺紋，「大手搽」也是有需要的。（林志玲這樣做也真是有她的道理！）取個五元大小的分量，塗面、塗頸，好好地按摩。

總之，隨著年紀增長，皮脂腺退化，肌膚油分暴降，大大減低天然保水力，而夠涸夠潤的護膚品，能幫助彌補油分的不足，為肌膚補油鎖水，再注入營養。所以，為「歲月肌」塗上護膚品，必須要夠潤。妳自己可以感受得到——塗完護膚品，感到有一層厚厚的黏膜包圍著皮膚，摸上手輕輕帶涸，歲月肌正是需要這層涸。

⚠ 塗搽方向：由內往外、由下往上

另外，不少日本美魔女分享護膚心得時，都一再強調按摩的重要性。一個簡單的口訣，就是——「由內往外、由下往上」，即是從下巴位置往太陽穴的方向輕輕提拉，最後不要忘記掃到臉的兩側，沿淋巴位置輕輕按壓，把毒素排出。

每次護膚品應用多少？取個五元大小的分量，塗面、塗頸，好好地按摩。

對於法令紋或額頭紋，可以用中指及無名指稍稍施加力度，達到撫平效果。如果沒有時間，也起碼做個簡單的臉部拍打，促進臉部血液循環也好。

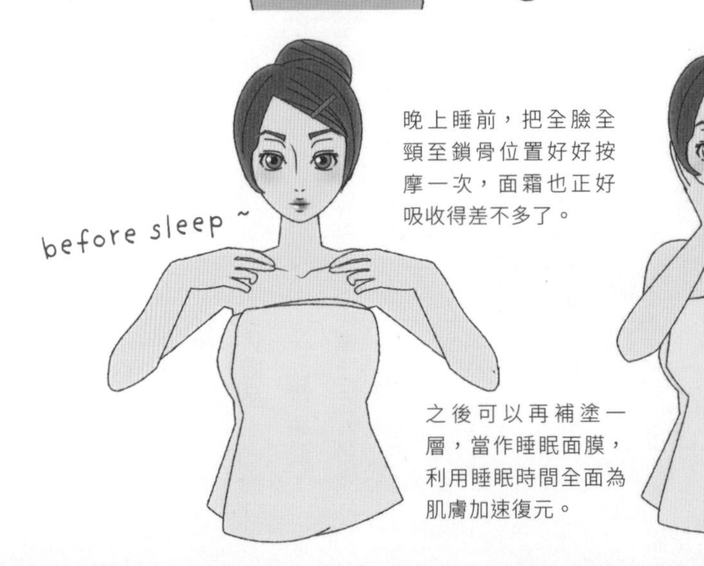

晚上睡前，把全臉全頸至鎖骨位置好好按摩一次，面霜也正好吸收得差不多了。

之後可以再補塗一層，當作睡眠面膜，利用睡眠時間全面為肌膚加速復元。

1-4

耐美子之基本保養須知

「歲月催人老」——這有可能逆轉嗎？

Check!

對於「歲月催人老」這個說法，你同意，還是不同意？

□ 同意

□ 不同意

如果說，皮膚變乾、呈現皺紋、長出色斑，是「歲月肌」的三大特徵，那為甚麼相同年齡的人，有人看上去會年輕一點，有人看來卻年老一點？

歲月這把尺，不是應該一視同仁嗎？

長期日曬之研究個案

就以上迷思，凍齡學苑的研究員找到了一個醫學實例，在此分享，相信大家一看就明解。這是由美國權威醫學期刊The New England Journal of Medicine於二零一二年公布的一項就日曬對皮膚影響的研究報告〈Unilateral Dermatoheliosis〉。在這個醫學實例中的研究對象，他的一半臉（左臉）看來比較衰老，而另一半臉（右臉）看來則較為年輕。你可能不相信，但有圖有真相。（見下圖）

與其說「歲月催人老」，不如更正確地說，那是「日曬催人老」。

二十八年曬出鴛鴦臉

在這份公開的醫學報告中，研究對象的左右臉膚質呈現強烈對比，左臉的皮膚明顯老化，皺紋也多，看上去比右臉衰老好幾倍。這張鴛鴦臉是如何形成？

原來照片中人是一名職業司機，他有長達二十八年的日子每天都長時間地待在車上開車工作，他貼近車窗的左臉，比右臉接觸更多陽光，左臉年復年在強烈日曬下，便出現了如此強烈的變化。要注意的是，這種日曬對皮膚的傷害並非一朝一夕，那是日積月累才浮現出來，正如這位職業司機的鴛鴦臉，是經過長達二十八年的日曬效果。

所以，想逆轉肌齡，看來年輕一點，就是要及早做好「防曬」措施，好好保護皮膚，這正是一個不可忽視的重要關鍵。

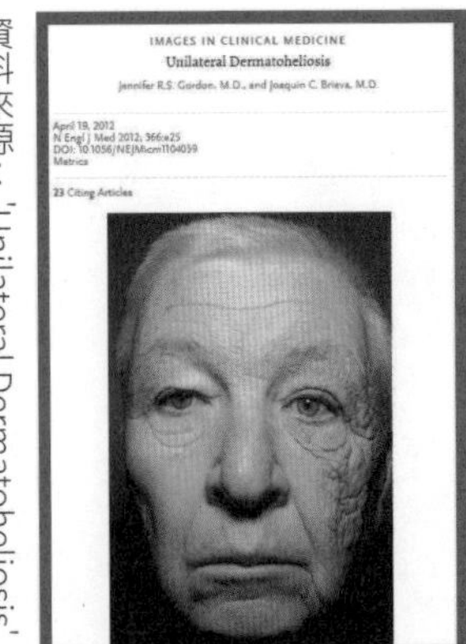

資料來源：'Unilateral Dermatoheliosis', Jennifer R.S. Gordon, M.D., and Joaquin C. Brieva, M.D., The New England Journal of Medicine, 19 April, 2012.

1-5 妳認識令人衰老的元兇嗎？

上文指出了「曬太陽」令皮膚更易衰老，箇中原因，是太陽光之中有幾把無形的劍會刺進我們的皮膚中，那就是我們肉眼看不見的「紫外線」(Ultraviolet，UV)，當中再細分為UVA、UVB及UVC。

妳知道哪一種UV對皮膚毒害最深？

Check!

☐ UVA

☐ UVB

☐ UVC

⚠ UVA

至於 UVA，波長最長，穿透力最高，有多達 95% 能直達地面，並到達人們皮膚的真皮層，能導致色素沉澱、皮膚發炎，甚至老化等問題，其能量雖不及 UVB，但由於**到達地面的能量有 95% 之多**，皮膚吸收量大，累積起來的影響，可謂最為深遠，在不知不覺間令皮膚變黑、失去彈性、形成皺紋，這也充分解釋為何前文提及的職業司機二十八年來不防曬下工作而導致呈現「鴛鴦臉」的慘況。

⚠ UVB

UVB 波長較 UVC 長，約 **5% 能到達地面**，並穿透至人們皮膚的表皮層，也因為能量較強，容易造成皮膚短期曬紅、曬傷，甚至引起皮膚癌。

⚠ UVC

先倒過來說 UVC。UVC 波長最短，穿透力低，幾乎會**全被大氣層擋住**，對人們的威脅最少，所以可以不理。

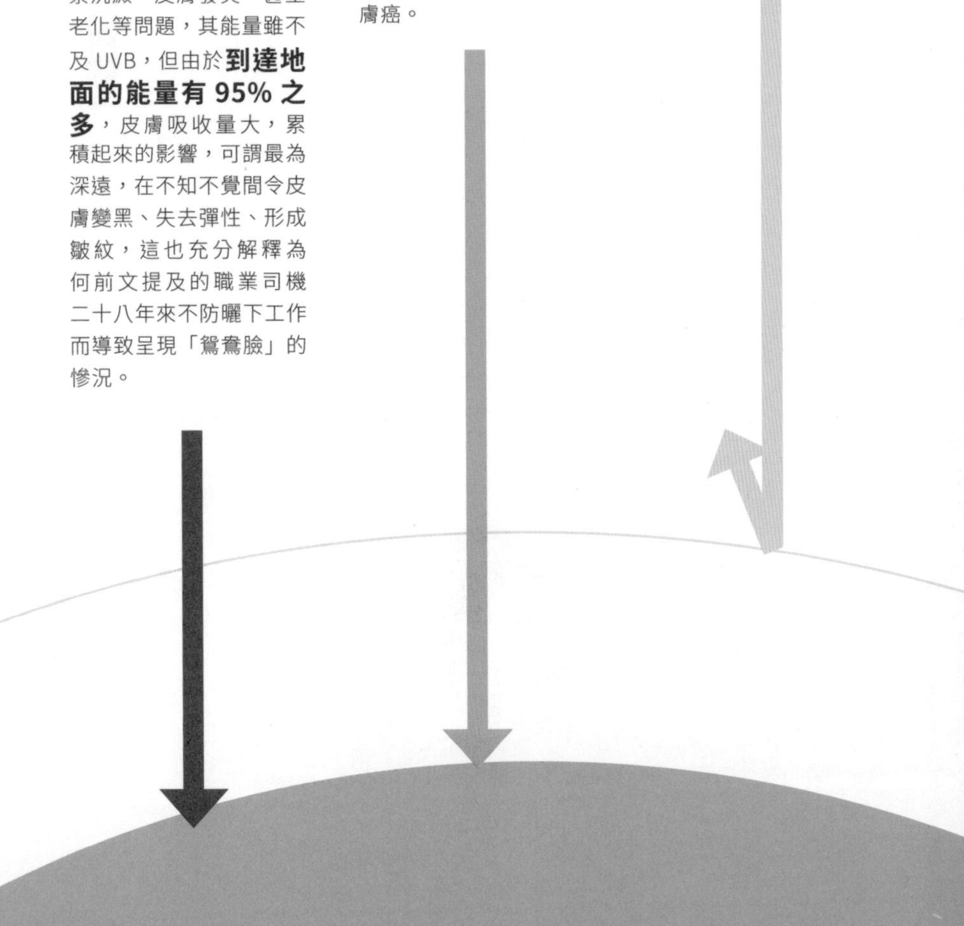

⚠ ABC 防曬對策

面對太陽紫外線 UV 中 A、B、C 三種不同程度之侵害，我們有以下簡單的「ABC 防曬法則」作對策：

Avoid
避免早上 10 點到下午 2 點間進行超過 20 分鐘戶外活動。

Block
外出謹記塗防曬，每 2 小時補塗 1 次。

Cover
在陽光下曝曬時，最好撐傘、戴帽，也穿長袖衫遮擋陽光。

記住防曬是保護皮膚的第一道防線！注意全方位減少皮膚接觸各種紫外線的機會，才能有效減低皮膚衰老的速度！

由於 UVA 不會立即對皮膚造成影響，故易被忽略，加上其穿透力強，即使是陰天有雲，又或是室內窗戶、汽車玻璃，也難以將之阻擋，可說近乎避無可避！有見及此，我們必須針對 UVA 進行防護。

1-6 妳知道「光老化」帶來的影響嗎？

有沒有留意，身邊喜歡戶外活動的朋友，皮膚較易出現以下特徵：

不要以為這些是皮膚自然老化的現象，其實超過八成原因，都是「光老化」所致。

當皮膚長期受日光照射，無孔不入的紫外線，對表皮及真皮層都會帶來變化和損害。

⚠ 色斑都跑出來了

「光老化」的最明顯徵狀，莫過如色斑，有時陽光一曬下來，莫說即時被曬紅，甚至是潛藏皮膚深處的色斑，也會一下子跑出來，全部現形。這是由於紫外線 UVA 及 UVB 令表皮層的黑色素形成，引致酪氨酸酶活性增加，色素沉澱，黑斑便浮現上臉；同時，在紫外線入侵皮膚的過程中，亦會損害細胞 DNA，產生連串 DNA 光化產物；當 DNA 進行修復工作，又會直接刺激色素形成，這統統都會造成色斑，並令皮膚變得灰黃、暗啞。

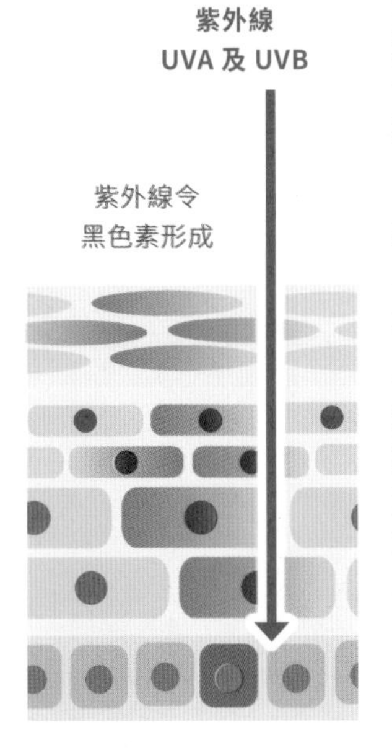

⚠ 出現明顯皺紋

當皮膚長期日曬，穿透力較強的 UVA 會破壞皮膚的彈性纖維和膠原蛋白，不單令皮膚喪失彈性而變得鬆弛，更會減慢表皮細胞的更新及修復速度，細胞外基質結合水的能力下降，皮膚自然變得乾燥，甚至出現明顯皺紋，看上去不老才怪。

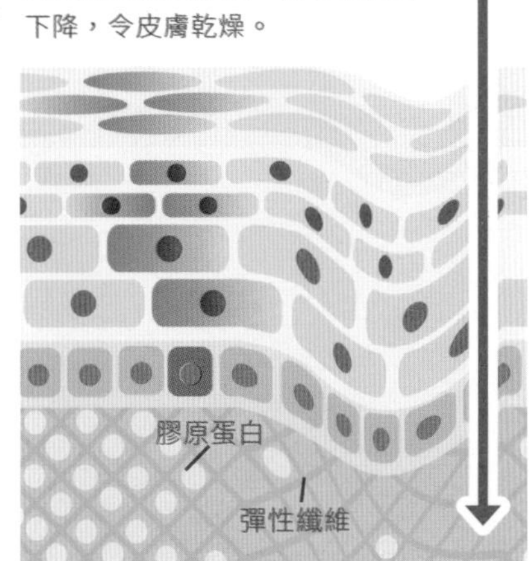

形成紅臉、沉積性色斑

「光老化」的真正危害，還不止於外觀而已。

長期戶外曝曬的人，面部皮膚會比一般人更易泛紅，這是由於日曬令面部微絲血管擴張，減低血管彈性，血管持續不均勻擴張、甚至破裂，最終會形成面部皮膚泛紅；而這種泛紅肌膚經不起刺激，當體溫過冷、過熱或情緒激動時，臉部便有機會紅得像關公一樣，嚴重者甚至會形成沉積性色斑。

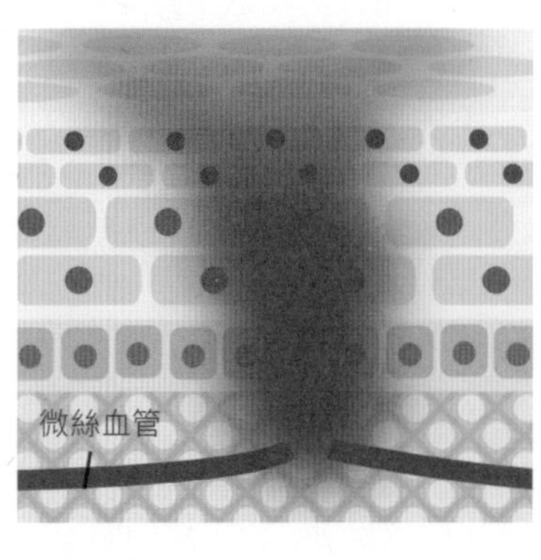

日曬令面部微絲血管持續不均勻擴張、甚至破裂，形成面部皮膚泛紅，嚴重者甚至會形成沉積性色斑。

誘發皮膚病

紫外線還有機會誘發皮膚疾病，陽光過敏是一種絕不罕見的症狀，有機會導致多形式的日光疹、皮膚炎、敏感性藥物疹，以及令紅斑狼瘡加劇；嚴重者，更會導致鱗狀細胞癌、惡性黑素瘤等皮膚癌病變。

防曬不止為減慢皮膚老化，這更是保護皮膚健康的第一道防線。

1-7 妳懂得如何防止日曬的傷害？

了解到日曬正是導致皮膚衰老（光老化）的主因後，我們便要做好防曬工夫，以減少紫外線對皮膚帶來傷害，而這也絕對是凍齡、成為「耐美子」的最佳方法！最直接方便，當然是選用防曬產品，但市面上林林總總，應該如何作出選擇？

妳有沒有留意防曬產品的包裝上常出現兩組英文字眼：

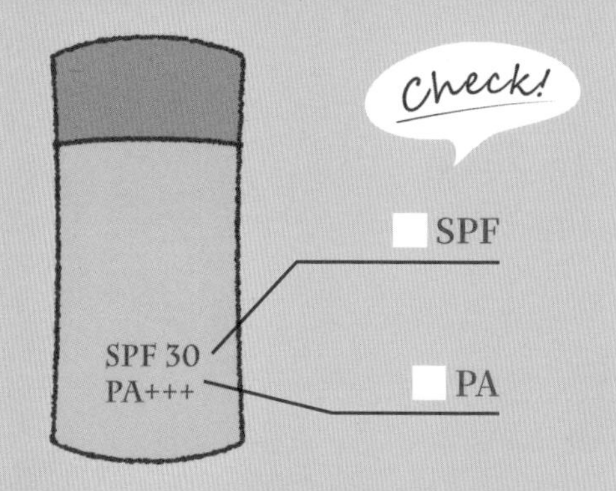

在廣告宣傳的薰陶下，相信大部分人都會看過這兩個防曬關鍵字，只是可能未必清楚它們各自代表甚麼意思。

⚠ SPF

上文提及過了，會傷害皮膚的紫外線，可分UVB及UVA兩種；前者波長較短，只有5% 能到達地面，會曬紅、曬傷皮膚；後者波長最長，穿透力最高，95%可直達地面，令皮膚變黑、衰老。

SPF（Sun Protection Factor）是針對UVB的防曬指數，數值愈高，表示預防UVB引起皮膚曬傷紅腫的效果愈好。換句話說，使用SPF數值愈大的防曬用品，皮膚會愈遲出現曬紅曬傷的情況。

不過，可別以為SPF的數值是跟保護的程度成正比，例如SPF 30不等於比SPF 15具雙倍威力，因為還得計算防曬品能實際阻擋紫外線輻射的效能。

一般來說，SPF 50能阻擋98% UVB，但只比SPF 30多擋1%；而SPF 30則比SPF 15（93%）多擋4% UVB。目前市面上沒有可以阻擋100% UV的產品，即使個別產品標榜有SPF 100，其實亦只可阻擋99% UVB。而由於度數愈高，質地愈濃稠，阻塞毛孔機會愈大。難怪專家們會建議大家進行戶外活動時，最多使用SPF 50的防曬品便已足夠。

舉個例，當一般人在太陽下曬10分鐘便會曬傷，塗上SPF 10防曬霜，100分鐘（即10倍時間）後才會曬紅；如用SPF 50的話，保護時間即延長50倍。

⚠ PA

至於 PA (Protection Grade of UV-A)，則是針對 UVA 的防曬指數，以「+」號分等級。

按「日本化妝品工業聯合會」制定，「+」號愈多，代表防禦 UVA 的效能愈大，最高級為 4 個「+」號。

這個「+」號是怎樣計算出來？則關乎 PPD (Persistent Pigment Darkening) 持續曬黑數值，也就是使用防曬品後，皮膚變黑所需時間與完全沒防曬所需時間的比值，簡化以「+」號來表達。

⚠ SPF 數值與防曬保護力

數值	倍數	保護時間
SPF 15	15	150 分鐘
SPF 30	30	300 分鐘
SPF 50	50	500 分鐘

* 以一般人在日照 10 分鐘便會曬傷計（注意因人而異）

⚠ PA+ 值防曬保護力

數值	倍數	保護時間
PA+	2-4	20-40 分鐘
PA++	4-8	40-80 分鐘
PA+++	8 倍以上	80 分鐘
PA++++	16 倍以上	160 分鐘

* 以一般人在日照 10 分鐘便會曬黑計（注意因人而異）

SPF 和 PA，是經由國際認定的實驗方法、就兩種不同波長紫外線防護能力所測定的數值。記實這兩個防曬關鍵字，以後選購防曬產品時更加精明。

1-8

妳有正確使用防曬用品嗎？

耐美子之基本保養須知

凍齡學苑的調查員讀到了美國一份有關防曬使用習慣的市場調查，指出超過有 52% 女性評定自己的日常防曬習慣欠佳（C 級或更差）（註 1）；另一份來自英國的醫學報告則提到有專業皮膚科醫生表示，人們一般只塗了能達至最高防曬效能一半分量的防曬霜（註 2）。那就是說，很多人都沒有正確使用防曬護膚品。不想事倍功半，由今天起，讓我們一起從頭學習如何防曬吧。

妳又多久才塗防曬一次呢？

- 出門口前塗一次
- 出門口前塗一次、半天過去再塗一次

⚠ 何時搽防曬品：
出門前30分鐘塗搽

出門前三十分鐘，便應塗上防曬用品，讓皮膚有充足的時間吸收，而且應每隔兩小時便補塗一次，不然分量不足或保護時間過了，便達不到防曬之效，甚至被曬傷。

⚠ 防曬霜：
分段式塗法

關於塗抹的分量，可參考香港癌症基金會的指引，臉部塗上約一茶匙的防曬霜，才能提供足夠防曬保護。若嫌又洇又厚，建議可分兩次去塗，先塗一半，待皮膚吸收後，再塗上剩餘一半。

至於手腳，同樣以每處各塗一茶匙為基礎。

⚠ 防曬噴霧：離1寸噴塗

若用防曬噴霧呢？則要在距離皮膚約1寸以外範圍噴塗，噴至皮膚帶點反光分量才算足夠，之後用手塗勻，確保防曬液能被徹底吸收。

很多人都沒有正確使用防曬護膚品。不想事倍功半，由今天起，讓我們一起從頭學習如何防曬吧。

1 inch!

註1：'4 most common excuses for not wearing sunscreen', Colorescience, 6 July, 2016.
註2：'You're Putting On Sunscreen the Wrong Way: Study', Time Health, 10 July, 2017.

1-9 妳的防曬工夫做足、也做對了嗎？

耐美子之基本保養須知

我們知道防曬的重要性，出外活動要塗防曬，但究竟如何塗，才算塗得正確？如何讓防曬保護發揮到最大功效？

妳認為做足以下工夫就萬無一失嗎？

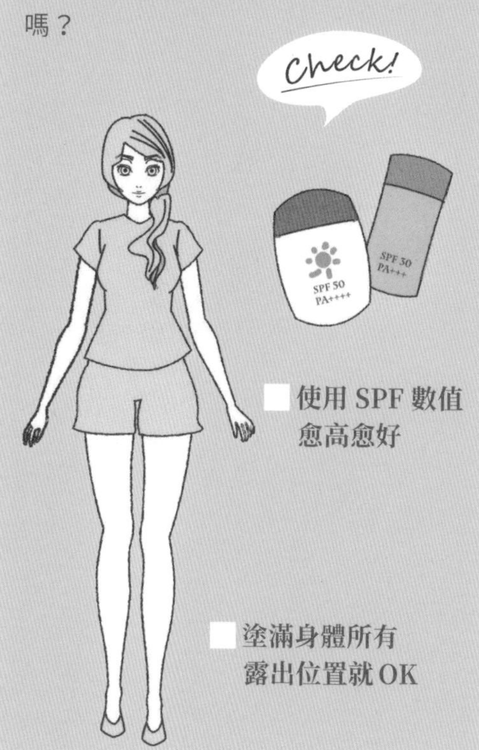

SPF 50已足夠

首先研究防曬用品本身。經調查後，請大家不要盲目崇拜SPF，以為SPF愈高一定愈好。其實SPF 50已能阻擋98%紫外線UVB，足夠應付日常防曬所需。任何標榜在SPF 50以上的防曬用品，效能其實跟SPF 50相差不遠，難怪一般都會以SPF 50+來表示。日常建議防曬塗SPF 30已足夠，戶外活動的話，則可選SPF 50+，如果防曬品連UVA也兼顧得到（看看有否PA指數），防曬當然能做得更全面。

不要忽略「鬼祟位」

另外，要注意塗抹位置。一般我們只針對「不想變黑」的部位塗防曬，譬如臉部，以及手和腳，不過其實我們身上有好些「鬼祟位」都需要特別保護，其中一處就是眼皮，日常我們在臉上塗防曬霜，往往把眼周位置忽略掉，但有分析發現，約一成皮膚癌細胞變異，就是由眼皮開始的。眼睛四周的皮膚細嫩，很容易曬傷，一定要多加留意。（註1）

在烈日下進行戶外活動，也要記得要塗腳背，以免穿著涼鞋留下「陽光紋身」。

另外，頸部（特別是後頸）、胸口、耳朵，都是容易被陽光直接曬到的部分，不要忽略了。

夏天去踩單車的話，手背也要加強防曬。

請注意各處
鬼祟的防曬位！

全方位裝備

當我們以為衣服能替我們防曬，紫外線 UVA 卻能穿透衣服直達皮膚真皮層，導致黑斑及衰老，尤其那些放在陽光下能透光的輕薄衣料，其實無法為妳阻擋陽光，所以要加以留心。

最後一提，雖然防曬用品能保護我們的皮膚，但請謹記防曬護膚品也並非萬能，我們最好還是盡量避免在中午太陽最猛烈的時候，在陽光下曝曬，也注意同時配合使用太陽鏡、傘、帽，也穿長袖衣物遮蔽身體，全方位作出保護，才最明智。

防曬護膚品也並非萬能，我們最好還是盡量避免在中午太陽最猛烈的時候，在陽光下曝曬。

註 1：'You're Putting On Sunscreen the Wrong Way: Study', Time Health, 10 July , 2017.

1-10

耐美子之基本保養須知

在太陽底下妳有好好保護眼睛嗎？

談防曬，我們常常只想到臉部及手腳皮膚，卻很少注意到眼部。其實皮膚要防曬，眼睛也一樣需要。忽略眼部防曬，會直接影響睛力，必須多加留意喔！

晴天之下，妳有注意佩戴太陽眼鏡，好好保護眼睛嗎？

□有

□沒有

・由紫外線引起的眼疾

紫外線中的UVA及UVB，不僅是導致皮膚衰老的最大元兇，當有害光線進入眼睛，累積能量過高的話，會令眼睛受損，最明顯也最易受損的，就是眼睛最外層的角膜和結膜了。

柔軟的結膜表層，容易因紫外線照射而引起發炎、分泌物增加、怕光等症狀，反復發炎的話，會導致結膜表皮組織硬化等問題，絕對不容忽視。

除此之外，紫外線進入眼球後會被水晶體吸收，長期曝曬，會令以蛋白質構成的清澈水晶體變黃、變硬，形成白內障。

當過量紫外線到達眼球後方的視網膜，累積的能量又會損害黃斑部的感光細胞，引起黃斑病變，導致看東西時影像會變得模糊、扭曲變形，嚴重的話，甚至可導致失明。

所以，絕對有必要戴太陽眼鏡，以防止紫外線對眼睛造成傷害。

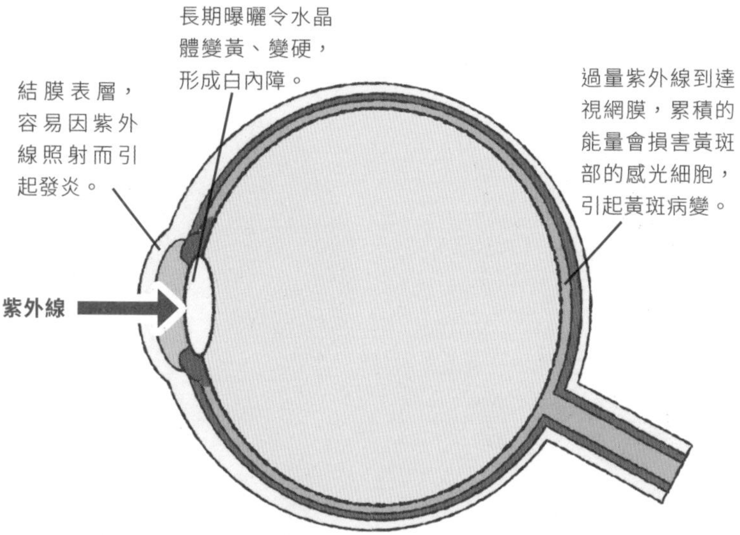

⚠ 太陽眼鏡的選擇

那麼太陽眼鏡又應如何挑選？最重要的，當然就是看其能否全面遮擋紫外線，提供的保護性是否足夠。建議可選擇標籤列明「100% 防 UV」或「UV 400」的太陽眼鏡。要知道，若果用上效能較差、不能完全阻擋 UV 的太陽鏡，眼睛在戴上深色鏡片下瞳孔會放大，變相讓更多光線入眼，更多紫外線進入眼球，傷害便更大，隨時「衰過唔戴」！

許多人習慣憑鏡片顏色與深淺程度來選擇太陽眼鏡，但這兩者跟遮擋紫外線的效能沒有關係，鏡片顏色主要用作阻隔可見光，令人在烈日下看東西舒服一點。如果在烈日下進行戶外活動，建議可揀深色如灰、墨綠色的鏡片；需經常出入室內外，則可選擇茶色鏡片，看出來光暗對比不太大，眼睛能較易適應。

要注意的是，鏡片大小要適中，上方最好能遮及眼眉位置，下方則要接近臉部顴骨，以防漏光，減少光線進入眼內。

注意即使是陰天，UVA 仍可以穿透雲層到達地面，所以若需長時間逗留戶外，還是戴上太陽眼鏡較安心。

烈日下進行戶外活動，建議可揀深色如灰、墨綠色的鏡片。

經常出入室內外，可選擇茶色鏡片。

鏡片上方最好能遮及眼眉位置

下方則要接近臉部顴骨以防漏光

1-11 人在室內也要防曬嗎？

耐美子之基本保養須知

人在室內要不要防曬？這個問題，很多人都答不上來。就妳自己的習慣來說，躲在室內環境時，妳也有留意防曬嗎？

簡單來說，室內的光源有兩種，分別是來自門窗外的日光，以及光管、電腦之類的人造照明。若果我們能先了解室內光源的種類，答案自會呼之欲出。

⚠ 日光

先從日光說起，如果妳對防曬有基本認識，大抵都知道為皮膚帶來傷害的，就是肉眼看不見的紫外線。紫外線當中的 UVA 波長最長，穿透力強，就算陰天雲層極厚，或是有窗戶的玻璃阻擋，依然可以直達皮膚，強度也無分早上、下午，幾乎任何時間也會帶來傷害。

換句話說，也就是陰天或沒有陽光直接照射到室內的日子，皮膚也會接觸到 UVA，完全避無可避。尤其經常坐近窗邊工作或需要駕駛長途車的司機，在不知不覺間長期吸收大量 UVA，加速皮膚衰老，所以人在室內或車上，也絕對有防曬的需要。

⚠ 人造光源

那人造光源呢？都市人經常坐在電腦前工作，下班回家後又會看電視、打機、煲劇，熒光幕釋出的紫外線分量雖然不多，但長年累月積聚起來，同樣會對皮膚造成傷害。

而室內照明光源中，須注意有部分款式的燈泡如石英燈，有機會輻射出微量的紫外線。另外，如果從事某些行業，如攝影師、化妝師，或是要經常使用投影機的 OL，經常接觸大量燈光，紫外線更是防不勝防。所以，專家建議，在室內活動時，應盡量避免接近光源，並選用較安全的 LED 燈。

此外，很多喜歡美甲的女士，經常在美甲店使用紫外線燈，也要留心此舉增加了皮膚接觸紫外線的機會。難怪早前連美國食品藥品監管局也提醒市民，必須要小心使用這類美甲用燈光。

總的來說，室內紫外線無處不在，防曬、防 UV 工夫，絕對不能少！無論身在哪裡，還是建議每天也應在臉上及身體塗上防曬品作保護。

當身處室內，也應該要留意光線來源，不可掉以輕心。

1-12

耐美子之基本保養須知

關於防曬護膚的種種迷思，妳都知道答案嗎？

以下提及的見解，您認為正確嗎？

- 本身想曬一身古銅色便不必用防曬品
- 粉底已有防曬作用便不用再塗防曬品
- 防曬產品因為不是化妝品便不用卸妝
- 不曬太陽便無法讓身體吸收維他命 D

就以上迷思，本篇為大家逐一破解。

⚠ 本身想曬一身古銅色便不必用防曬品？

有人追求一身古銅色，又或有些人完全不介意、甚至自恃膚色較黑，便不用防曬，認為黑皮膚本身就能防曬，甚至較少機會患上皮膚癌。

要知道，主宰我們膚色的是一種叫「Melanin」的黑色素，黑色素愈多，膚色愈深。雖然近年有研究指擁有較多黑色素的人患上皮膚癌的機會較低，但這絕不代表膚色較深的人能完全「免疫」。

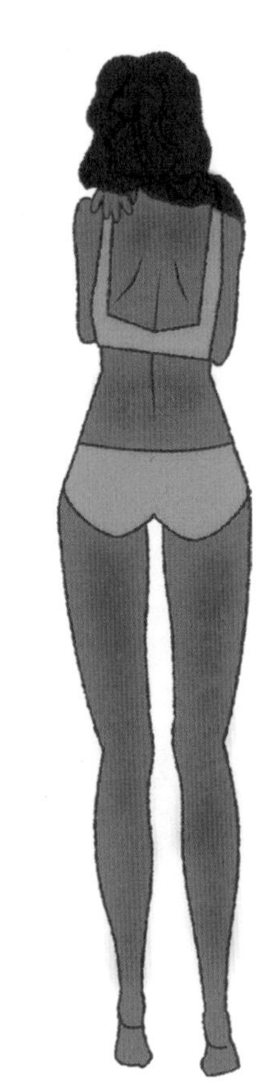

凍齡學苑的調查員曾讀到美國的醫學研究報告，指出膚色較深的人有高達30%機會曬傷（註1），而且他們都較普遍於末期時才發現自己患上皮膚癌（註2），足見大家都高估了黑皮膚的防護性。

所以，不想曬傷或增加患癌風險，無論黑人、白人，還是黃種人，都絕對需要做好防曬措施。

註 1：'New Research: Sun Dangers Known, But Sunburn Still Common', Cleveland Clinic, 14 March 2018.

註 2：'Sunscreen Is Still Necessary For People With Dark Skin', HuffPost Canada, 31 May 2017.

⚠ 粉底已有防曬作用便不用再塗防曬品？

市面上不少化妝品像粉底、BB Cream 等，都標榜加入了防曬成分，難怪有些女士們都以為塗了這些化妝品就能安心去曬。

其實要做到徹底防曬，塗用的分量必須足夠（建議分量：面部大約需要一茶匙），但我們一般使用粉底、BB Cream 的分量都比較少，因為想塗得比較薄一點，然而此舉會令防曬功效大打折扣。

所以建議大家最好還是要用防曬產品或使用有防曬功能的面霜打底，就不怕塗太多太厚了。

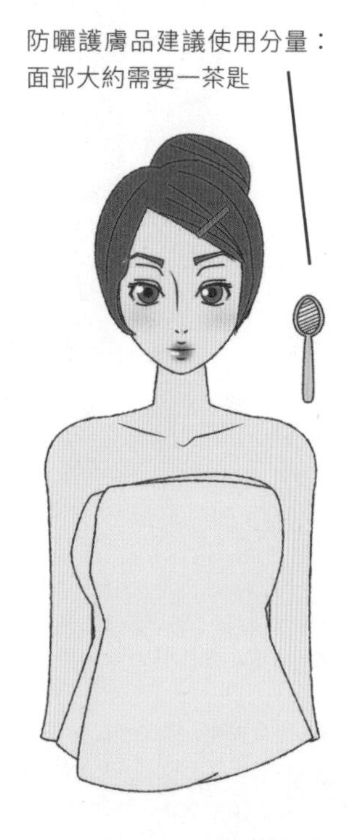

⚠ 防曬品不是化妝品便不用做卸妝程序？

相信問十個女士，可能十個都會答：塗防曬必須卸妝。其實塗防曬是否需要卸妝，不能一概而論。簡單來說，如果防曬產品中有加入防水或彩妝性質的潤色成分，就需要動用卸妝水、卸妝油等來徹底卸妝。但如果是選用有防曬成分的面霜，一般可用洗臉乳洗掉，毋須卸妝。

若果不太確定防曬用品的成分，可簡單做個小測試——先以常用洗臉乳潔臉，再以化妝棉擦拭臉部，若果化妝棉上仍有殘留物，證明必須以卸妝用品才能徹底清潔皮膚。須留心徹底卸妝，才能減低粉刺或暗瘡的形成。

⚠ 不曬太陽便無法讓身體吸收維他命D？

有一派人認為，曬太陽能攝取維他命D，所以防曬就等如隔絕這道天然的營養。

曬太陽的確可以令身體製造維他命D，但如何曬？曬多久？其實都有學問。一般來說，每天曬太陽約十五分鐘（視乎季節或位置而有所調整）已可製造一天維他命D所需，再曬得多的話，身體也不會再製造多餘的維他命D，所以絕無必要長時間曝曬。而時間上，最好選擇早上十時前或下午四時後，均勻地吸收陽光就最健康。

除了曬太陽，我們也可從三文魚、吞拿魚、芝士等食物攝取足夠維他命D，所以以後遇著陰天、下雨天，不妨轉轉菜單吧！

最好選擇早上十時前或下午四時後，均勻地吸收陽光就最健康。

1-13

耐美子之基本保養須知

一張臉愈白便愈美？

美白大概是很多女士最關心的護膚課題，但大家又有沒有想過，怎樣的白，才是美呢？

如果愈白便是愈美，那我們不就是光把臉塗得愈白就愈好？

妳應該不會不知道，以下兩種「白臉」的分別嗎？

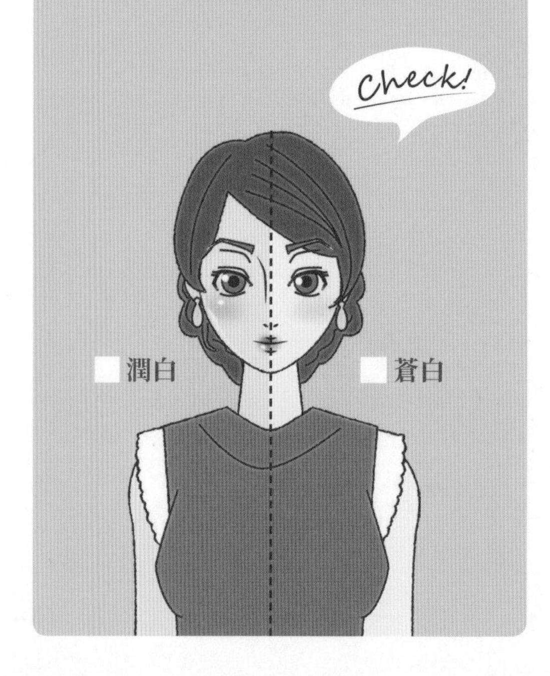

⚠ 歲月肌的內憂外患

年輕時，很多人都沒有在乎皮膚是否飽滿，甚至會介意自己的baby fat，可是踏入熟齡，便懷念起「脹卜卜」的肌膚來。身體中令皮膚保持「脹卜卜」的元素，包括雌激素和膠原蛋白。

雌激素有助皮膚保持水分，令皮膚柔軟細膩。雌激素不足，會令毛孔變得粗大，老態難掩。而膠原蛋白的主要功能，是支撐真皮層的結締性組織，鎖緊水分，令皮膚緊緻水潤。假如膠原蛋白不足，皮膚容易缺水鬆弛。

大家都知道，膠原蛋白在二十多歲時便會開始流失，而女性在步入更年期，卵巢也會減少製造雌激素，雙重夾擊之下，歲月肌彈性急降，失去繃緊感；如此這般的話，即使白，也只會是蒼白、灰白。

以上，還只是內憂而已，還有紫外線這一重外患。我們每天都接觸陽光，紫外線令皮膚老化、變黑及皺紋呈現，年紀愈大，皮膚問題愈浮上面。而整個身體的新陳代謝，也會隨年齡增加而減慢，歲月肌的皮膚一旦出現問題，修復時間一定比青春肌更長，如不加以呵護，便只能長期與歲月黃作伴。

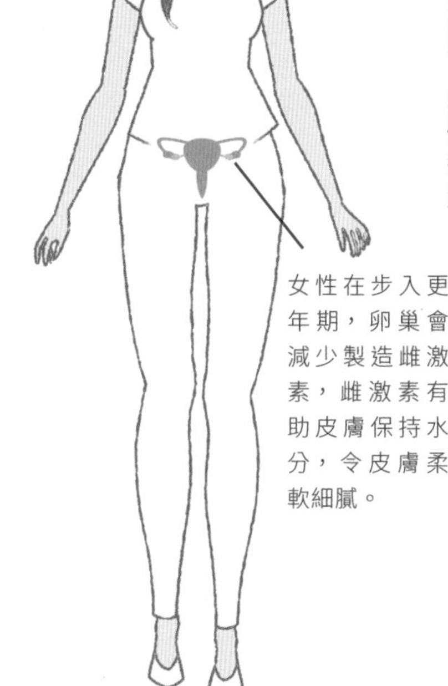

女性在步入更年期，卵巢會減少製造雌激素，雌激素有助皮膚保持水分，令皮膚柔軟細膩。

⚠ 去歲月黃、增潤白美

要美白、去黃，歲月肌固然有先天不足，但後天努力也可以補救，關鍵是要選對保養品。坊間有各式各樣的牌子及產品，選擇時有甚麼地方要留意？以下是美白產品選用時的三大關注點：

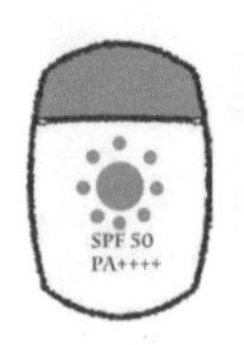

1 SPF 指數及 PA 級別

具有防曬與美白功能，查看 SPF 指數及 PA 級別。

2 高純度維他命 C

含有高純度維他命 C 成分，可抑制黑色素，適合日間美白使用。

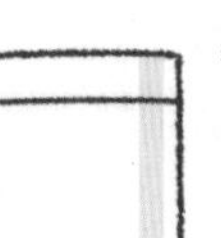

3 膠原蛋白、透明質酸及抗氧化

含有膠原蛋白、透明質酸及抗氧化精華，有助令肌膚白裡透潤，重現彈力，減淡細紋及色斑。

一張真正稱得上是「美白」的臉，總少不得「夠水潤」及「飽滿感」。

how to choose?

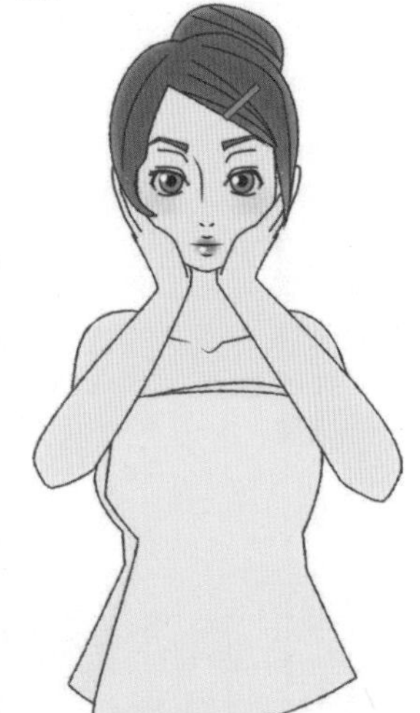

1-14 妳有正確使用美白護膚品嗎？

耐美子之基本保養須知

也許是「一白遮三醜」這句話太根深蒂固了，大多數女生，不論年歲，都無不希望自己的皮膚白一點再白一點，對任何掛上「美白」二字的護膚品趨之若鶩。然而，試過這麼多產品、交過這麼多「學費」，問問身邊朋友，哪個真的覺得靠塗護膚品而讓皮膚改善、看來白滑了？好像十個有九個都搖搖頭。那是因為產品沒有效用嗎？還是，妳並沒有掌握到使用護膚產品的正確方法？

妳本身又覺得塗搽護膚產品後，膚質有改善嗎？

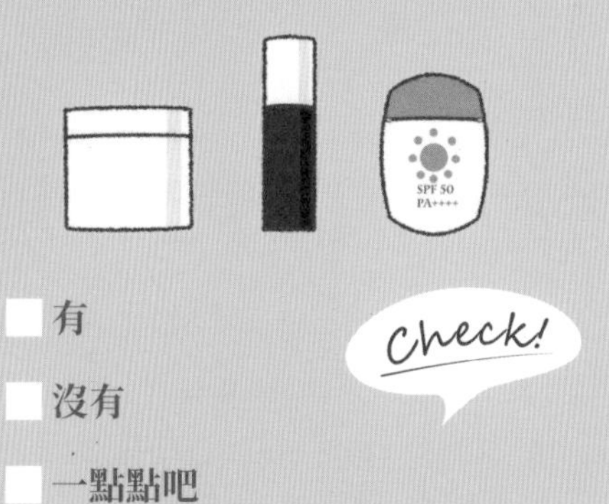

- 有
- 沒有
- 一點點吧

美白必先去角質

須知道，使用美白產品，必先要花一點點準備工夫。最基本是先問問自己，深層清潔和去角質，有做足了嗎？即使是再優質的美白產品，假如是給塗在堆積了厚厚污垢的角質層上，相信都難以發揮作用，所以要美白就不能太懶惰！每隔一至兩周，就要為皮膚去角質，保持毛孔暢通無阻，這樣美白成分才能被皮膚吸收進去。

美白產品給塗在厚厚污垢的角質層上，難以發揮作用。

美白產品

污垢的角質層

持續塗才能見效果

所謂「羅馬並非一天建成」，美白護膚工程也是一樣。皮膚有新陳代謝周期，皮膚黑色素由生成至隨角質層表皮細胞脫落，需時二十八天，因此美白護膚用品如果只是間中塗搽、時搽時不搽，便沒可能做出效果。所以要持之以恆，長期持續地塗搽，起碼一至兩個月，才可改善膚質。加上亞洲人膚色本來就較深，且四十歲後新陳代謝變慢，黑色素較年輕時更難排走，要讓美白出現效果，需要更多的努力和耐心。

Month

SUN	MON	TUE	WED	THU	FRI	SAT
	1	2	3	4	5	6
7	8	9	10	11	12	13
14	15	16	17	18	19	20
21	22	23	24	25	26	27
28	29	30	31			

皮膚黑色素由生成至隨角質層表皮細胞脫落，需時 28 天。

⚠ 成分必須溫和

美白護膚產品種類繁多，成分不一，在此建議「寧溫和、勿刺激」。美白成分當中，維他命C及植物性成分的，通常較溫和；苯二酚、果酸等，屬較刺激的成分，美白力度可能較猛，但同時較有機會引起皮膚不適，甚至引起乾燥或敏感，對已經脆弱的歲月肌來說，分分鐘得不償失，故挑選時，應該小心留意分辨成分。

美白見效四大關注點：先去角質、要有恆心、注意成分、保濕打底。

⚠ 注意先保濕打底

同時，也要提醒各位姊妹，不論甚麼成分也好，塗美白護膚品之前，都要先做妥保濕工夫，把皮膚打底滋潤好，美白保養效果便會更佳。

就試試跟著以上要點，讓護膚品發揮最大效用吧！

塗美白護膚品之前，先做妥保濕工夫，效果便會更佳。

1-15 妳有沒有錯過了最佳的美白時間？

耐美子之基本保養須知

「Meeting the right person at the wrong timing」，這不只出現在愛情世界，也可以出現在護膚時空。再名貴、優質的美白產品，如果使用timing 不對，不但達不到美白目的，更可能引起皮膚不適，弄巧反拙！

妳認為在甚麼時候塗搽美白效果更好？

日間 ok 可用的美白成分

維他命 C

不宜日間用的美白成分

A 酸 (Retinoids)、
對苯二酚 (Hydroquinone)、
甘醇酸 (Glycolic Acid)、
乳酸 (Lactic Acid)、
杏仁酸 (Mandelic Acid) 及
亞麻油酸 (Linoleic Acid) 等

以上成分如遇上太陽紫外光，有機會導致皮膚紅腫、脫屑，甚至發炎，故不宜在白天使用。

日夜美白，必須先留意成分

美白產品多含有助黑色素代謝的成分，包括A酸 (Retinoids)、對苯二酚 (Hydroquinone)、甘醇酸 (Glycolic Acid)、乳酸 (Lactic Acid)、杏仁酸 (Mandelic Acid) 及亞麻油酸 (Linoleic Acid) 等，凡事一體兩面，這些成分的刺激性跟其功效一樣強烈，如遇上太陽紫外光，有機會導致皮膚紅腫、脫屑，甚至發炎，故含有以上成分的美白產品，不宜在白天使用。

坊間護膚品的美白成分中，含有維他命C的產品則比較適合在日間使用，並能抵抗紫外線對肌膚的傷害。

⚠ 晚上習慣，注意影響美白效果

都市人就寢，通常機不離手，想有效美白，就要戒「手機伴眠」的習慣，因為電腦、手機散發的紫外線同樣會刺激皮膚。

⚠ 排毒時鐘，促進身體新陳代謝

此外，中醫認為晚上是多個器官排毒的黃金時間，例如晚上十一時至凌晨一時，走膽經；凌晨一時至凌晨三時，走肝經；若此時仍在玩手機，不讓身體休息，可能引起肝氣鬱結，皮膚新陳代謝變慢，塗再多的美白精華也枉然！

月經期	濾泡期 （排卵前一周）	黃體前期 （排卵後一周）	黃體後期 （下一個月經前一周）
	皮膚新陳代謝旺盛、吸收效果十分顯著。	皮膚狀態較弱，此時宜美白及去痘。	

⚠ 生理周期，配合得宜助美白

美白要留意時間，也要注意日子。女性周期大致分為「月經期」、「濾泡期」（排卵前一周）、「黃體前期」（排卵後一周）及「黃體後期」（下一個月經前一周）。在不同階段，女性身體分泌有不同變化，根據身體分泌變化及需要而護膚，效果才相得益彰。

排卵前一周的濾泡期，雌激素分泌大增，新陳代謝旺盛、皮膚處於最佳狀態，故無論保濕還是美白，吸收效果都十分顯著。

黃體前期、排卵後一周，皮膚狀態較弱，皮脂腺和黑色素分泌大升，易長黑斑、聚積色素和痘粒，此時宜美白及去痘，立即狙擊黑色素。

人或者無法控制愛情世界的 timing，
但美白世界的 timing，
妳沒有藉口說無能為力掌握吧！

1-16

耐美子之基本保養須知

「早安，晨之美」——妳有醒覺「睡痕」久久不散的原因嗎？

相信很多人都喜歡睡懶覺，尤其在寒冷的冬日，但要當心，不要隨便睡到最後一刻才急趕起床出門口，因為妳的臉上很可能仍留有「睡痕」。

在「青春肌」上，這道睡痕也許洗個臉、刷個牙就消退了；但在「歲月肌」之上，卻很可能要以小時計才會平復過來。所以，起床與出門之間，必須預留充足時間，讓這道惱人的睡覺痕消失後才敢出門。這真是「歲月肌」才懂的尷尬！

妳由早上起床至出門會花多少時間？

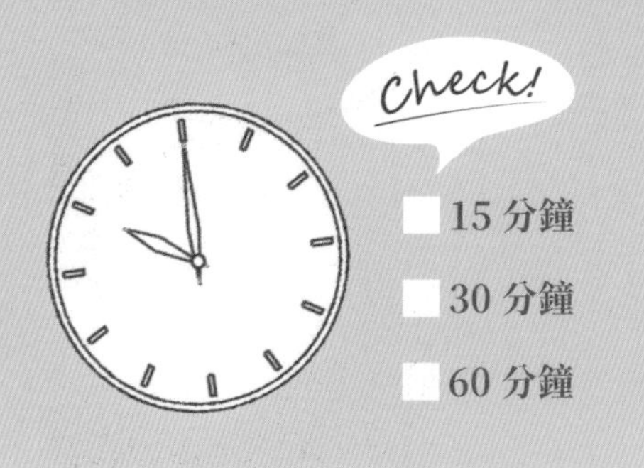

- 15 分鐘

- 30 分鐘

- 60 分鐘

⚠ 抗氧化抵禦自由基

網上有很多方法教人預防睡覺痕，如保持仰睡、選用柔軟的枕頭套等，但終極方法，還是令肌膚保持彈性。

自由基就是造成皮膚鬆弛及老化的黑手，會氧化健康細胞，但日常生活中，到處都有自由基的「誘發因子」，如環境污染、壓力、抽煙、輻射、油炸食物等等，可說是無所不在。

要對抗自由基，人體會自行生產「抗氧化酵素」（Superoxide Dismutase, SOD），以中和自由基的活性，從而減少對人體所造成的損害。

要當心的是，跟膠原蛋白一樣，這種抗氧化酵素的生產，會因年齡增長而減少。當自由基與日俱增，而體內生產的抗氧化物與日俱減，我們能做的，就是注意好好補充抗氧化物，緊守防線。

針對睡痕問題有何對策？
最基本是注意飲食習慣，戒煙、少吃油炸食物，也好好補充抗氧化物。

⚠ 抗氧化劑的護膚研究

關於抗氧化劑，凍齡學苑的調查員讀到一份發表於二零一零年、來自美國華盛頓州立大學的醫學報告，在這個研究中，三十名年輕女性被邀請安排進食「蝦青素」八星期，結果發現，她們的身體明顯減慢了DNA的耗損（註1）。在護膚界，蝦青素可被譽為特強的天然抗氧化劑，其抗氧化力比維他命C強6,000倍、比Q10強800倍、比綠茶中的兒茶素強550倍（註2）。

蝦青素還有一項特異功能，就是抗UV。而這個偉大的發現完全是個意外。

話說為方便取得提煉蝦青素的優質海藻，科學家把實驗室設在夏威夷，工作人員在公餘時去衝浪，回來後紛紛報告，他們一點防曬都沒塗，卻沒有被曬傷，就是由此發現了蝦青素的奇效。

原來蝦青素能在UV進入皮膚後，中和自由基，防止UV進一步傷害皮膚，而與此同時，陽光中的UVB會轉化成維他命D，集合抗氧化及抗UV兩大功能，難怪蝦青素補充品獲大量歐美人士追捧。

蝦青素的抗氧化力

抗氧化劑	倍數
＞維他命 C	強 6,000 倍
＞ Q10	強 800 倍
＞兒茶素	強 550 倍

⚠ 八大赤色抗氧化食物

蝦青素常見於橙紅色海藻裡，大海中的蝦、蟹、三文魚，就是因為吃了橙紅色海藻而變紅；漂亮的紅鶴，就是因為吃了豐年蝦而也「染紅」了。

而除了蝦青素，大自然裡還有許多紅色的凍齡寶藏，研究自由基的權威、京都醫學大學校長吉川敏一就寫了一本書，表示在不同顏色的天然食物中，以紅色食物抗氧化功效最為顯著，例如玫瑰、槭樹、石榴、西印度櫻桃、番茄、紅酒、玫瑰果，都跟蝦青素一樣，可帶來抗氧化功效。

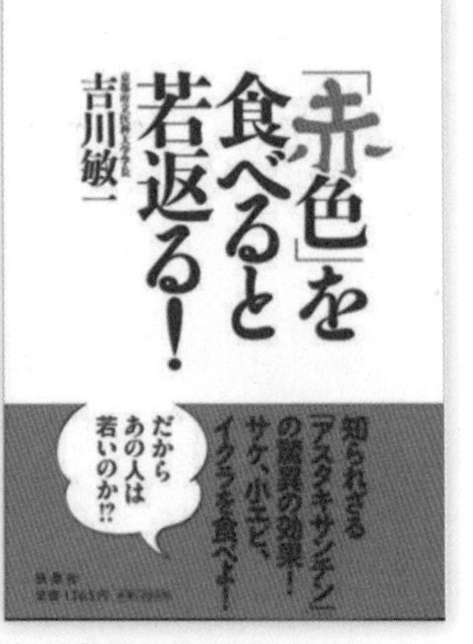

京都醫學大學校長吉川敏一在其著作中提出，在不同顏色的天然食物中，以紅色食物抗氧化功效最為顯著。

原來保持紅顏不老的秘密，就藏在紅色的天然寶物之中！

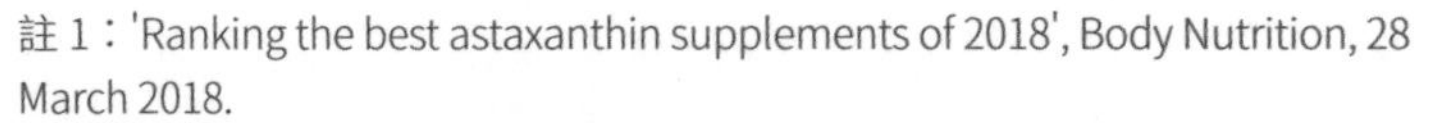

註 1：'Ranking the best astaxanthin supplements of 2018', Body Nutrition, 28 March 2018.

註 2：'White Paper: Astaxanthin is the ultimate anti-ageing nutrient', AlgaeHealth, 20 October 2016.

1-17 再見歲月黃，靠化妝又如何？

有些女士過了一定歲數，就覺得扮靚已經跟自己無關，覺得「點扮都唔及後生靚」，天天光著一張素臉。但凍齡學苑的調查員發現，原來在日本，很多女士無論幾多歲，都不會放棄為自己塗脂粉。其實人年長了，臉上少不免有歲月痕跡，我們毋須與年輕人比姿采，反而可以透過一點修容技巧，遮蓋歲月黃，綻放一種個人的獨特美。

妳有何化妝習慣及喜好？

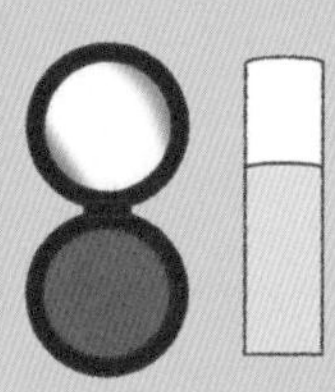

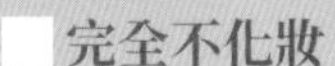

⚠ 底妝用色愈自然愈好

如何化一個適合「歲月肌」的妝容？年紀大，新陳代謝慢，皮膚的黑色素排不走，面色難免比較黯沉。

別以為塗上愈白的底妝就愈好，一來底妝過白，會令面頰與頸項有兩截色，十分突兀；二來不論日系、裸妝，還是韓系珠光妝，強調的都是自然、跟膚色相配的底妝，厚粉會予人與時代脫節之感。

不論日系、裸妝，還是韓系珠光妝，強調的都是自然、跟膚色相配的底妝。

⚠ 彩妝不宜花俏

骨膠原隨年紀流失，皮膚鬆垮，尤其是眼部皮膚脆弱，故眼妝不宜花巧，否則只會令鬆弛的眼皮更奇怪。建議選同一色系的眼影，突出眼部輪廓之餘，看上去較為飽滿。

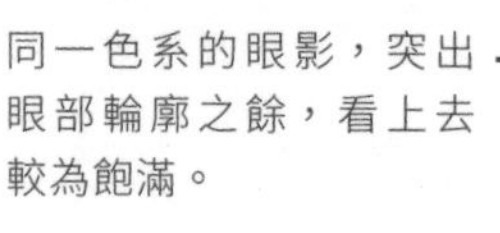

眼妝不宜花巧，否則只會令鬆弛的眼皮更奇怪。

同一色系的眼影，突出眼部輪廓之餘，看上去較為飽滿。

打底要滋潤

化好妝一定要打好底，尤其踏入熟齡，皮膚乾燥缺水，底妝不夠滋潤的話，紋路特別容易卡粉，宜選用足夠滋潤的打底護膚霜，滋潤同時修護，有助妝容更貼服。

好氣色助減齡

健康的氣色，令人看上去年輕、有活力。胭脂絕對有助提升好氣色，值得留意的是，胭脂不應掃在蘋果肌上，而是應掃在蘋果肌對上0.5至1厘米的位置，且手勢一定要往上掃，才能讓皮膚看上去緊緻上揚。

顏色方面，珊瑚色的自然、透明感，較可愛甜膩的粉紅系適合熟女。

護膚打底工夫與化妝技巧配合得宜，歲月黃便看來消失得無影無蹤！

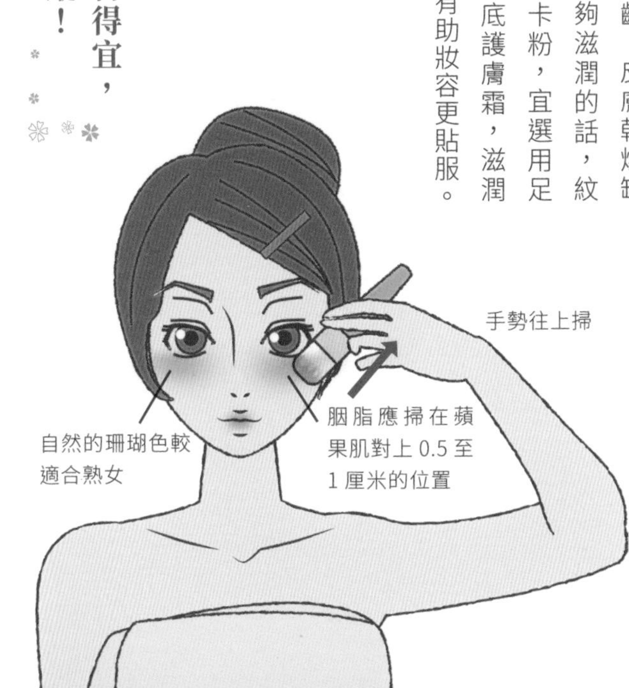

— PART 2 —

耐美子

之

不私藏環球凍齡研究

本篇研究重點：

- 搜羅環球各地耐美之道
- 臚列古今中外不老之說
- 揭開隱世偏方駐顏之術

2-1 日系美魔女護膚美學（一）：江戶時代美顏之道

每回遊日，讓人留下深刻印象的，除當地的自然風物、整潔井然的小社區外，定當還有街道上千嬌百媚的東洋女子。

據凍齡學苑調查員的觀察所得，東洋女子並非位位擁有美人五官，但幾乎個個都妝容細膩，她們很多也喜歡襯上花樣簡樸的帽子，即使在炎夏，也會穿上或薄紗或棉麻的通爽外衣。這看來就是因為她們重視衣裝配搭之餘，亦有注意到防曬。有好些女駕駛者，甚至會戴上防曬手套。

觀乎世界各國，日本女人對於護膚的執著，大概位列第一吧。

⚠ 東洋女子白得執著

有說日本女人在江戶時代（1603至1867年）已有層出不窮的美白方法，對於美白的執著，似乎像DNA般代代流傳在日本女人的血脈中。

江戶時代是平民女性對於化妝修容的覺悟期，在這之前，化妝修容是貴族的專利。當時面世的美容專書《都風俗化妝傳》記載了多種美白秘方，例如「密陀僧（一氧化鉛）」面膜。

浮世繪畫家溪齋英泉便有幅作品，描繪一名女子用毛刷塗抹名為「美艷仙女香」的白粉。這是一種藥用護膚白粉，據講有美白、去斑、抗皺等功效。

不過，這份執念有時會弄巧反拙。數年前，日本科學家深入研究福岡縣一批古墓，化驗其中七十具江戶時代武士及其眷屬的屍體，發現三歲以下的孩子遺骨，含鉛量極高。研究人員相信，江戶時代的環境污染問題並不嚴重，相信此鉛污染源自婦女使用的化妝品，並透過母乳傳染給孩子。因為當時流行的美白粉，乃由氯化汞和白鉛製成。由此可見，江戶女性對於美白有近乎信仰的執念。

浮世繪畫家溪齋英泉的一幅「美艷仙女香」作品。

絲瓜含防止皮膚老化的維他命 B 族及美白皮膚的維他命 C 等成分，可使皮膚淡斑、膚質細嫩。

紅糖含有多種人體需要的胺基酸、鐵、鈣，都是具有養顏之效的物質。

⚠ 絲瓜液與紅糖水

為了美，東洋女子不停研究哪種天然資源具美容功效，而絲瓜液就是其中一種，它更有「美人水」的美名。

而除了絲瓜液外，紅糖也被視為有效的美容資源。據說京都有位肌膚勝雪的藝妓天天飲用紅糖水，或以紅糖水護膚，同儕也爭相仿傚。

日本女性愛美的這份源執著一直延至今天，而這一種美，妳如何體會？大概就是美在自重和自愛吧！

2-2

日系美魔女護膚美學（二）：國民美魔女美顏妙法

日本每年舉辦「國民美魔女」選舉，歷屆得獎美女的美貌及健美身材，都叫人羨慕又妒忌，即使到了四、五十歲熟女之齡，個個外形都絕不輸給十八廿二的妙齡女生，愈大愈靚，驚艷到讓人嘖嘖稱奇！

略舉一位，就有被封為「童顏CEO」（也是三子之母）的第二屆冠軍山田佳子（1966年生）。能夠成為美魔女，當然身懷絕技。經了解之後，發現她的護膚保養程序看似簡單，卻又有令人意想不到的小密技，在此為大家揭曉！

山田佳子（網上圖片）

先熱後冷保濕敷

山田佳子本身經營模特兒事務所，而她本人便是其業務最佳的「生招牌」。她有一招獨創的「搽 cream 技法」，大家可參考。要學山田佳子搽 cream，先要準備一些工具：毛巾、冰水。山田佳子表示，這個敷臉方法可以促進新陳代謝，亦有助肌膚充分吸收保濕乳液的精華，她每天早晚都會做一次。

山田佳子親自示範她的護膚方法。
（YouTube 截圖）
來源：https://www.youtube.com/watch?v=ODUJdcLBZGA

1. 潔臉後，塗上保濕乳液或乳霜。
2. 然後用熱毛巾敷臉，使臉部毛孔打開，讓乳液充分地浸透到肌膚之中。
3. 準備一盆冰水，將臉浸到冰水內，靜待 5 秒，讓剛剛張開的毛孔收縮。
4. 再用柔軟的毛巾輕壓臉部。

⚠ 肌膚斷食純淨美

另一受日系美魔女推崇的方法是「肌斷食」，即暫停使用護膚品及化妝品，讓肌膚重啟自癒力。此方法受日本抗老治療美容整形外科醫生宇津木龍一大力推廣，有幾個原則重點：

重點 1

棄用一般潔臉乳，只用微溫清水及不含界面活性劑的純皂輕柔地洗臉，甚至連純皂也不用。

重點 2

洗臉後不塗抹護膚品，極其量只塗保濕液，以減輕肌膚負擔，免受刺激。

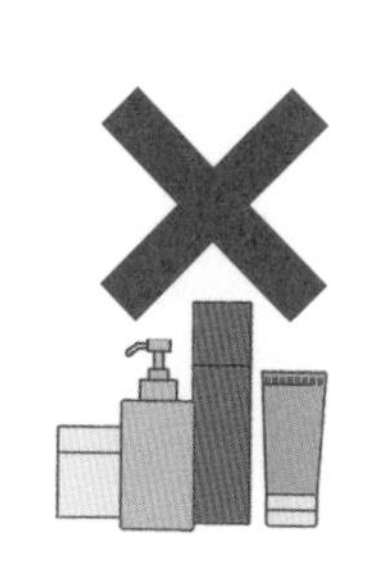

重點 3

全面避免紫外線照射。

肌斷食可以間中執行，如一個月一次，或在一些關鍵時刻，如換季、旅行後、皮膚敏感失衡時、生理期前等，減低環境轉換為皮膚帶來的刺激。不過進行肌斷食之後，還是要注意為皮膚補充足夠營養。

耐美子之不私藏環球凍齡研究

2-3 日系美魔女護膚美學（二）：日本超模校長這樣做……

每次看到東洋美魔女們分享自信的自拍照，羨慕之餘也不禁好奇她們每天會花上多少時間護膚，會否把保養當作工作一樣努力，才能有這張白滑漂亮的成績表？

1973 年出生、有「日本超模美魔女校長」之稱的豐川月乃，三十六歲才以主婦身分踏上東京時裝秀的台板，其後愈戰愈勇，擔任模特兒學校的校長，又寫書分享凍齡及保養儀容心得，其勵志故事更曾被改編成日劇《薔薇色聖戰》。

在她眼中，美，要從細節著手，把保養融入生活，注意每一個微小的姿態動作，美麗的容貌跟體態自然相隨。本篇跟大家分享幾個校長級的凍齡小貼士。

tips from
Model & Beauty School
"sen-se"
の代表！

豐川月乃其中兩本美容著作。

豐川月乃的奮鬥故事曾被改編成日劇《薔薇色聖戰》。（網上圖片）

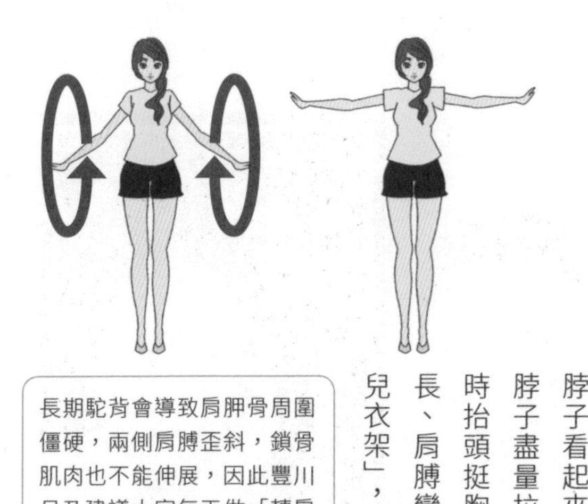

「轉肩運動」轉出美脖

豐川月乃認為，脖子的長度，決定了體態優美與否，不少人習慣做「低頭族」，肩膊向上聳起，令脖子看起來變短。正確的姿態應是脖子盡量拉長，肩膊向下壓低，同時抬頭挺胸，令脖子看起來變得更長、肩膊變寬，這正好變成「模特兒衣架」，穿起衣服會特別好看。

長期駝背會導致肩胛骨周圍僵硬，兩側肩膊歪斜，鎖骨肌肉也不能伸展，因此豐川月乃建議大家每天做「轉肩運動」。
方法很簡單，就是張開雙手站立，由前向後，大動作轉動肩膀，漸漸便可做到正確的抬頭挺胸姿態。
在沐浴時也可以做這運動呢！沐浴時肌肉放鬆時，做這轉肩運動，效果更佳！

高跟鞋、平底鞋輪流穿

小腿浮腫是女士們常見的問題，小腿肌倘運用不當，腳部便容易水腫及冰冷，令廢物更易累積在腿部，產生橘皮組織。

豐川月乃建議女士們，每周穿四天高跟鞋，有助緊實腿部，令線條優美。
至於另外三天，則穿平底鞋，以鍛煉另一組小腿肌，這樣做小腿肌肉便不會硼緊了。

⚠ 靠牆收腹練出小蠻腰

挺胸別忘收腹。收腹功，可在家背靠牆壁練習。此動作可鍛煉腹直肌，維持健美體態。每天持之以恆做五分鐘、十分鐘，甚至更長時間，只要鍛煉好肌肉，不難在日常維持正確姿勢，腹部周遭多餘的脂肪也消失不見了。

方法很簡單，將胸部向上挺起，讓腹部向內縮，此時腰際與牆壁之間會出現縫隙，可把手放進縫隙，再用力縮小腹，直到縫隙愈變愈小。

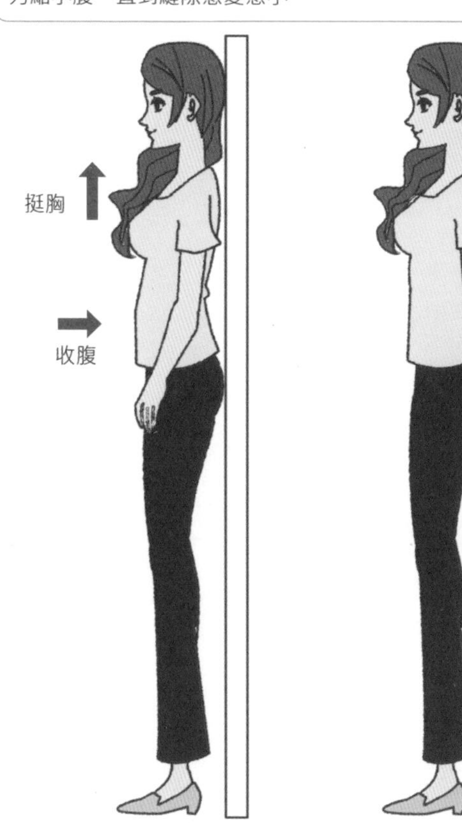

2-4

耐美子之不私藏環球凍齡研究

日系美魔女護膚美學（四）：「美容教母」不花錢的護膚方法

提起「美容教母」，妳心中想到一個人選嗎？在日本，已屆古稀之年的佐伯千津（1943 年出生）便是這樣一個教母級的人物。

從事美容業超過四十年的她，每年為超過二千名女性解決肌膚問題。2003 年退休後，她出版多部著作糾正普羅大眾的美容觀念，銷量超過三百萬本！

佐伯千津其中兩本美容著作。

提倡可變美的廉價方法

佐伯千津的美容心得，被形容為相當「革命性」。雖然出身一線國際美容品牌，但她在著作中經常所強調的，卻是各種廉價、甚至不花錢的護膚方法，名言是——「將一萬日圓的化妝品當成五百日圓，或是當成二萬日圓，是由妳的使用方法決定。」

看看佐伯千津年現年已過七十了，而仍然保持著一臉好膚色，她是怎樣做到？

她提倡的其中一種廉價妙法，就是以化妝水當面膜用。網上有人說，天天如此護膚，色斑果真淡化了。

潔面後，在化妝棉上，倒出一元硬幣大小的化妝水，然後將化妝棉分成五份，敷在臉上，再在化妝棉外加上一層保鮮紙，如此維持數分鐘，令皮膚保濕滋潤。

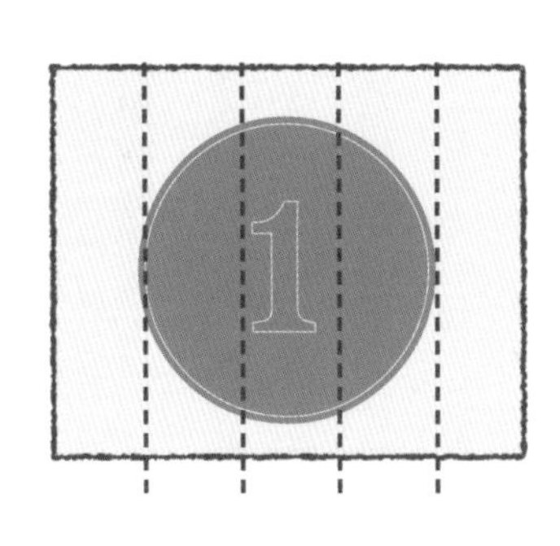

⚠ 兩則免費之變美「心法」

除了外在方法，佐伯千津一再提及的，還有變美「心法」。以下分享她提供的其中兩則免費美容心法。

一、用心護膚：「請讓我變漂亮！」

塗護膚品，許多人著重手勢，佐伯千津更著重心情。甚麼意思呢？她認為，護膚品必須用心塗，一邊看電視一邊塗，或者只當例行公事般把步驟做齊，是失敬！對待護膚品，她認為不要抱持半信半疑的態度，而且要由衷地相信其用處，「信者才會得救」，大可算是吸引力法則吧！

佐伯千津以過來人的經歷說明——三十九歲時痛失丈夫的她，曾過了一年沒日沒夜抱頭痛哭的日子，直至一天被鏡子裡的自己嚇倒，她決心要重返美麗，以整整一年，用心修復容顏，向上天明志：「絕對要變漂亮給你看！」最終，她成功重回美容界，並以四十五歲之齡，成為國際一線品牌培訓經理。

二、美麗總留給慢活者

每天早上妳花多少時間塗護膚品？三分鐘？五分鐘？佐伯千津說，塗護膚品像進食，把東西一次過塗上，像吃快餐，可果腹但無法細味，自然也無法好好吸收營養。

佐伯千津推崇的方法，就是把護膚看成吃懷石料理一樣，每個步驟之間，起碼要隔三分鐘，這才能讓護膚品充分被肌膚吸收，發揮效果。所以整個過程，得起碼花二十分鐘。

奢侈嗎？中間的等待時間，可以去泡咖啡、換衣服、吃點輕食、讀報紙。她說，愈忙碌的人，愈應該掌握這個護膚節奏，而且會很快注意到效果——上妝更貼服，一天不脫妝。

佐伯千津的美容見解獨到，許多坊間流行的護膚法，原來都由她開始提倡，假若妳有這樣的閒情，不妨一試，看看是否奏效。

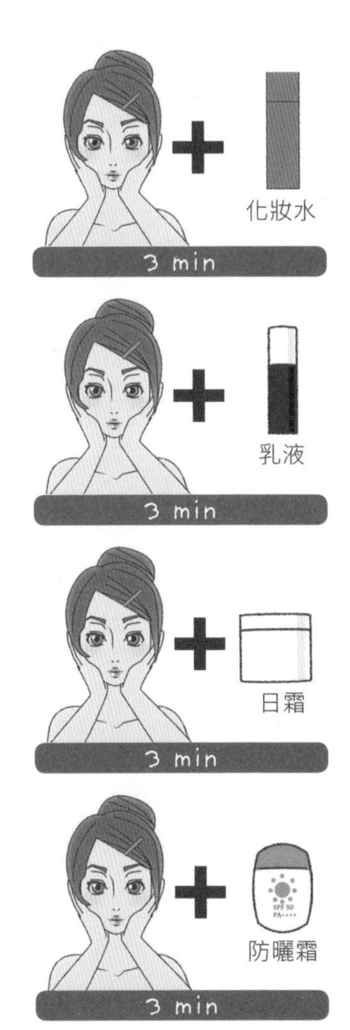

護膚的每個步驟之間，要隔三分鐘，這才能讓護膚品充分被肌膚吸收，發揮效果。所以，整個過程，得起碼花二十分鐘喔！

2-5 日系美魔女護膚美學（五）：溫泉美肌舒緩身心也養生

天氣寒冷，巴不得馬上跳進熱騰騰的溫泉浴池驅走寒氣，但卻也飲恨天生不是日本人，可以隨時跑去天然溫泉嘆過夠。

凍齡學苑的調查員發現，泡溫泉的美容及健康療效，深得日本美魔女推崇，值得大家研究和學習。

溫泉美肌療效

想皮膚好，到日本旅遊，請把握機會泡溫泉。而在眾多泉質之中，最具美肌作用的，要數硫磺泉、硫酸鹽泉和碳酸氫鹽泉三種。

泡完溫泉後，毛孔擴張，此時塗護膚品，吸收得特別好。

不過，泡溫泉會消耗大量體力和水分，所以要記得浸泡之後補充足夠水分，爭取足夠休息，才能發揮最佳美肌效果。

硫磺泉

日本三大名泉之一的草津溫泉就是硫磺泉，這種泉質對促進新陳代謝及去角質特別有效，可以改善皮膚暗啞及色斑。不過由於水質比較刺激，乾燥或敏感膚質人士要小心浸泡。

硫酸鹽泉

追求保濕滋潤、提升皮膚彈性，可以選擇硫酸鹽泉。這種泉質又被稱為「療傷之湯」，對乾癬、慢性濕疹、皮膚痕癢都有療效。伊豆一帶就是硫酸鹽泉的集中地。

碳酸氫鹽泉

碳酸氫鹽泉中的碳酸氫鈉泉，可以去除肌膚污垢，令皮膚變得光滑細緻，所以又名「美人之湯」，有人形容浸泡美人之湯，就如浸在化妝水中，會即時感到柔軟效果。九州佐賀的嬉野溫泉，就是其中一個有名的美肌之湯。

⚠ 熱水蒸氣美容

沒時間去泡溫泉？也可在家用熱水做蒸氣美容，像第五屆「日本國民美魔女」得主箕輪玖美（1971 年出生），自言家務繁重，但只要每個月抽空做兩、三次，皮膚不長一點皺紋。

準備一盆熱水，以大毛巾遮住盆口，待水溫稍涼，把臉放在距離臉盆約 10 厘米處，閉目蒸臉約 10 分鐘，然後塗上護膚霜。

第五屆「日本國民美魔女」得主箕輪玖美。
（YouTube 截圖）

⚠ 養生足浴四季皆宜

除泡溫泉、蒸氣美容外，還有做足浴。別小覷細細盆的一桶熱水，由於足部穴位多，如此「局部浸浴」，也足以帶動全身血脈暢通，疏通經絡，促進新陳代謝，讓皮膚保持最佳狀態。

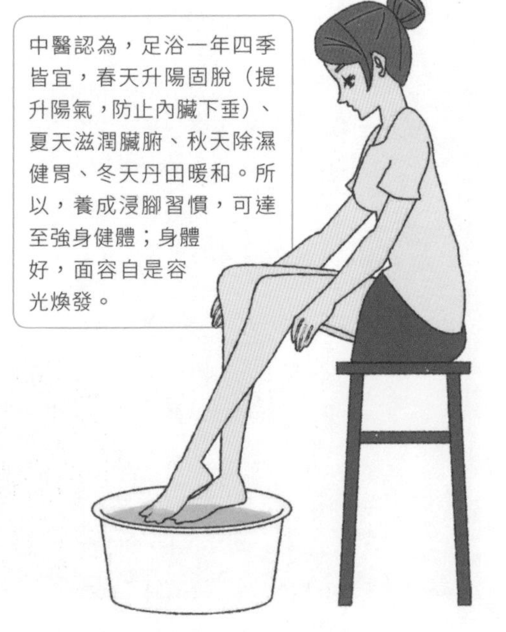

中醫認為，足浴一年四季皆宜，春天升陽固脫（提升陽氣，防止內臟下垂）、夏天滋潤臟腑、秋天除濕健胃、冬天丹田暖和。所以，養成浸腳習慣，可達至強身健體；身體好，面容自是容光煥發。

2-6

日系美魔女護膚美學（六）：日人古怪美顏偏方大觀

「大路」的凍齡秘技聽得多，大都不離勤護膚、多運動等等，而明查暗訪之下，凍齡學苑的調查員發現，日本美魔女有些自家偏方看來沒有甚麼科學根據，甚至可以說是有點荒謬，但用在她們身上，卻有神奇功效！本篇跟大家分享幾則。

⚠ 收集雨水飲用

日本「第一不老仙妻」水谷雅子（1968年出生）曾獲首屆「國民美魔女選拔」冠軍，年齡上已五十歲的她，育有兩名二十多歲的兒女，而其嫩滑膚質及健美身材，看來才二十出頭！據悉她每天花上五小時護膚，日常會收集雨水飲用及洗澡！

為何用雨水呢？原來日本的雨水是軟水（水的硬度通常是指碳酸鈣和碳酸鎂的含量），相比硬水，軟水含有較少鈣鎂化合物，與清潔用品接觸後，不易形成皂垢，變相提升了肌膚的鎖水功能，促進護膚品的吸收，這也解釋了為何不少女士反映人在日本時皮膚會比較好！

50歲生日相冊★

水谷雅子在自家網誌發布她50歲的照片。

⚠ 藝伎雀屎面膜

日本藝伎有一個傳奇美膚法，就是用夜鶯（nightingale）的糞便來敷臉！據說不僅可療癒肌膚，也能有白淨效果。這偏方甚至得到一些專家支持。據相關研究指出，夜鶯糞便內含有豐富的尿素，是美容品常見成分，可為皮膚保濕。另外，夜鶯吃的是毛毛蟲，所以糞便中會含有豐富酵素與鳥糞素（guanine），具有美白和輕柔的磨砂效果。中醫角度則認為夜鶯糞便有助活血去瘀。

幾年前更傳出碧咸嫂 Victoria 也是夜鶯糞便面膜粉絲之一。現時不少英美及新加坡的 SPA 也有提供夜鶯糞便美容療程，做一次動輒上千港元！

絹布洗臉去角質

日本美容權威高木祐子提倡以絹布洗臉，特別針對鼻翼、額頭等多油部位，更見功效。

為甚麼用絹布？據說是因為絹比絲粗，卻比麻幼，並擁有十字紋理，所以可用以擦拭皮膚上的角層，從而提升光滑度。

高木祐子曾出版美容書，介紹以絹布洗臉的好處。

用綠茶包敷臉

綠茶有抗氧化功效，一向受人推崇，坊間也有不少標榜含有綠茶成分的護膚品。許多日本模特兒索性以綠茶直接敷面。

早上起床後先泡一杯綠茶，梳洗後喝下綠茶，把茶包掏出來抹臉，直接敷上雀斑位置，有淡斑效果，方便又環保。

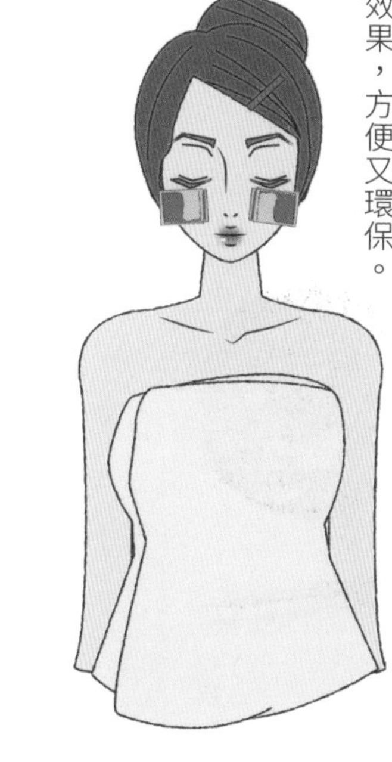

以上日人的美顏偏方，說來古怪，大家又有興趣或膽量一試嗎？

2-7

耐美子之不私藏環球凍齡研究

日系美魔女護膚美學（七）：抗老化之家常料理

要保持外形年輕，護膚、運動、飲食三者，缺一不可。而在日本美魔女的凍齡秘方中，飲食習慣不可不談。日本料理大多健康清淡，也相當注重營養的配搭及吸收，所以說——「美從口入」，絕不誇張。

戒糖保青春

日本的勝田小百合（1968年出生）已經五十歲，但看起來只像三十多歲而已，她的本業是整骨師，也是日本抗老醫學會會員，經常在部落格分享抗老心得及專業凍齡知識。勝田小百合從二十多歲開始便使用天然護膚品，二十八歲開始吃有機蔬菜，到了三十五歲生育後，她決定遠離白糖，以龍舌蘭糖漿代替，她親身驗證，戒糖對防止衰老及皮膚鬆弛的作用。

勝田小百合一本有關天然有機生活的著作。

所謂「戒糖保青春」，在於糖分含有熱量，會致胖，同時「醣化作用」會損害皮膚膠原蛋白及彈性蛋白，故減少糖分的吸收，可改善膚色，保持質感及光澤。除了煮食時避用白砂糖外，日常生活不少食物都含糖，所以選購醬料及飲品時，宜小心留意。

大豆平衡荷爾蒙

比起西方婦女，東方婦女一般較少受更年期的症狀困擾。有研究指，這歸功於東方女性吃較多大豆及大豆製品。

大豆蛋白質之中蘊含十二種異黃酮，有助平衡女性荷爾蒙，再加上含有不飽和脂肪酸、纖維，以及有豐富維他命與礦物質等成分，因此有益健康。

在日本人的家常料理中，會用大豆製成納豆及味噌，許多日本人的早餐，就是納豆配飯，用餐時也愛喝味噌湯。

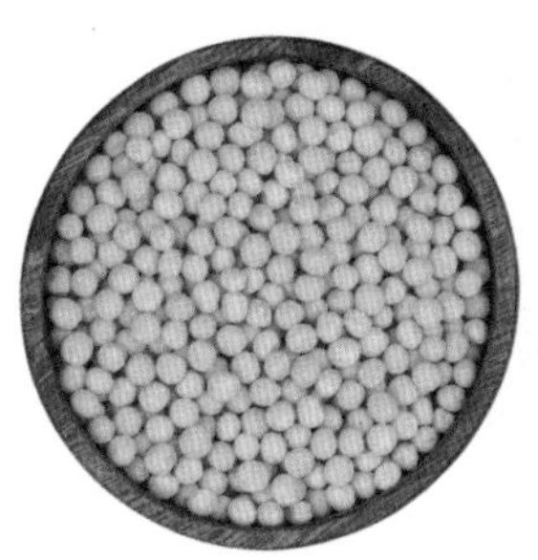

大豆含有12種異黃酮，有助平衡女性荷爾蒙。

⚠ 梅子也是美顏法寶

日本人把由中國傳入的梅子發揚光大，喜愛在便當中加入酸梅，此舉除可延緩食物腐壞外，梅子的酸味可刺激食慾，增加口水分泌，刺激腮腺分泌腮腺素，促進新陳代謝的節律，有助美肌、美髮。

看似簡單的納豆、味噌湯和酸梅，天天吃，居然可以吃出一臉美麗！

納豆經過發酵，營養成分較易為人體吸收，維他命 B2 含量是一般大豆的四倍，能夠促進皮膚及毛髮的生長。
日本人愛吃的醃梅中，含有的梅木酚素，可抑制人體細胞及組織的氧化。
味噌含有亞油酸，對皮膚有美白、保濕及抗炎效果。此外，味噌也含有豐富酵素，有助整腸。不過食用時要留意，有資料指出，味噌只要加熱超過 48 度，酵素就會被破壞。所以，要保留酵素，建議最佳食用方法，是生吃，當沙律醬沾蔬菜，或等熱水放涼後，才放入味噌攪拌調勻。

2-8

耐美子之不私藏環球凍齡研究

韓系美魔女護膚美學（一）：韓式泡菜的美肌秘密

眾所周知，韓國人對泡菜消耗量極大，據說每年人均食用量高達三十五公斤！更有句俗語說：「泡菜是半個糧食。」有不少人到韓國旅遊品嚐正宗韓式料理時，也一定曾為餐桌上的泡菜之繁多而嘖嘖稱奇。

所以，凍齡學苑的調查員，特意要對此研究一下。

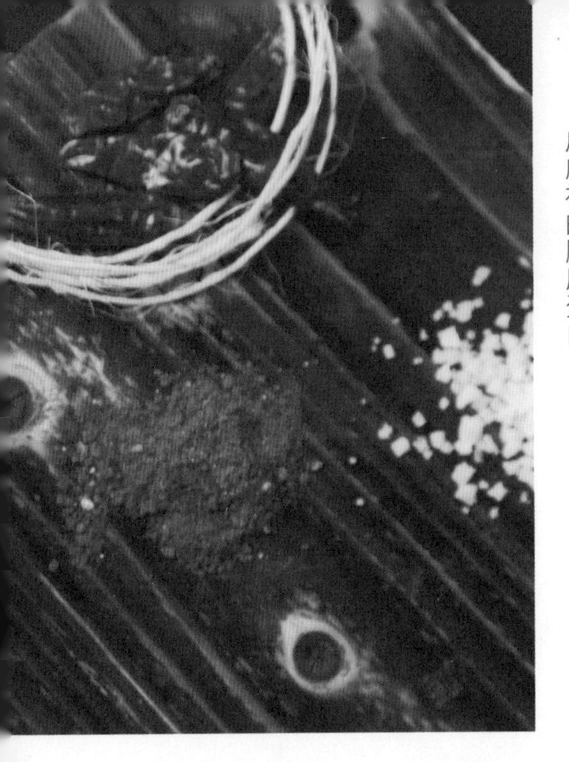

⚠ 泡菜之抗老原理

走在首爾街頭，發現高麗男生、女生，著實好膚質，泡菜的美顏功效，似乎真是功不可沒。

從營養的角度說，泡菜含有豐富的維他命C、β-胡蘿蔔素、酚類化合物及葉綠素等活性成分，是最天然的抗氧化食物，可以抑制自由基，保住皮膚裡的膠原蛋白。

⚠ 生吃泡菜助排毒

現在女生很注重排毒，原來泡菜就是排毒好幫手，難怪韓國人皮膚看來白淨、體型大多也窈窕。泡菜中的豐富纖維素，可幫助消化，可充當腸胃的清道夫。而醃製泡菜的材料，包括辣椒粉、蒜、蔥，辛辣和高鹽的環境，是「植物性乳酸菌」的搖籃，僅一公克的泡菜就富含八億乳酸菌，這些植物性乳酸菌比動物性的更容易附在腸道，抑制腸內壞菌繁殖，促進腸道健康。不過要注意的是，益生菌在高溫中不能生存，所以要達到排毒效果，應該生吃泡菜。

但要將功效發揮到最好，原來還有學問——韓國釜山大學食品營養學系的研究發現，醃漬後在攝氏5度環境下發酵兩至三星期的泡菜，在抗癌和抗老化效果上表現得最好。換句話說，不是醃漬愈久愈有美顏功效，溫度和時間也相當重要。

⚠ 辣椒粉是要角

許多人不嗜辣，但其實辣也是美顏推手。

辣椒粉是泡菜中的要角，除了刺激味蕾外，含有維他命C和E，亦有辣椒素和辣椒紅素，都具有很高的抗氧化作用，順帶也能阻止泡菜中魚醬發酵時的酸敗和腥味，以及增加乳酸菌的繁殖力。

講究一點的泡菜，均會用上優質的辣椒，如韓國慶尚北道英陽郡出產的，該地位於海拔1,200米的高嶺山區、濕度低、晝夜溫差大，辣椒的色澤特別鮮紅、光潤。每年十一月至十二月中，當地都會舉辦泡菜節，有機會到訪，就可嚐到最正宗的泡菜風味。

韓國祖先到底是哪裡來的靈感，研發出這樣健康又美味的國民美食，造福世世代代愈吃愈美麗呢？

2-9

韓系美魔女護膚美學（二）：「童顏選拔大賽」冠軍之臉部瑜伽式子

提起韓國美魔女，許多人會想到她們健美的身材，但原來排毒運動不止於身體四肢，韓系美魔女對臉部也勤做運動，以保持輪廓緊緻。

1967 年出生、榮獲韓國「童顏選拔大賽」冠軍的馬承芝，自有一套臉部瑜伽保鮮術，每天早上起床後做五分鐘，讓她俏臉三十年如一，看不到魚尾紋、法令紋、頸紋等老化跡象。本篇針對大家最關注的法令紋和頸紋，分享她的其中兩道臉部瑜伽式子。

韓國「第一美魔女」馬承芝曾著書分享她的逆齡神技。

減法令紋

臉上的法令紋，令人看來特別顯老。這組簡單動作可鍛煉雙頰與口腔周圍的肌肉，提升支撐力，改善凹陷，減淡法令紋，讓臉部肌膚飽滿緊實。

用力吸一口氣，讓空氣充滿口中，盡量令臉頰鼓起，維持5秒。

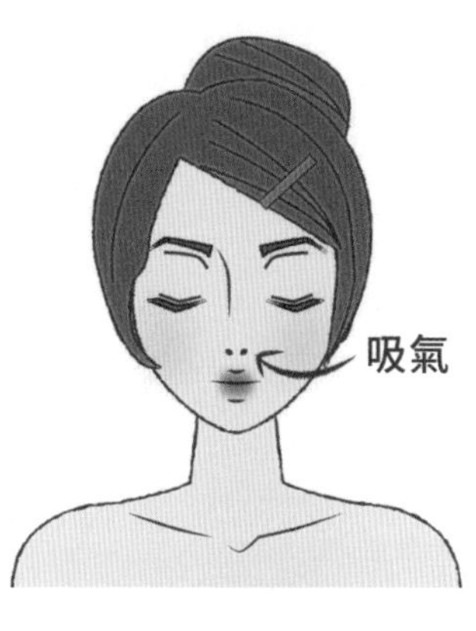

緊閉嘴巴，慢慢將左臉頰中的空氣移到右臉頰，停留5秒。

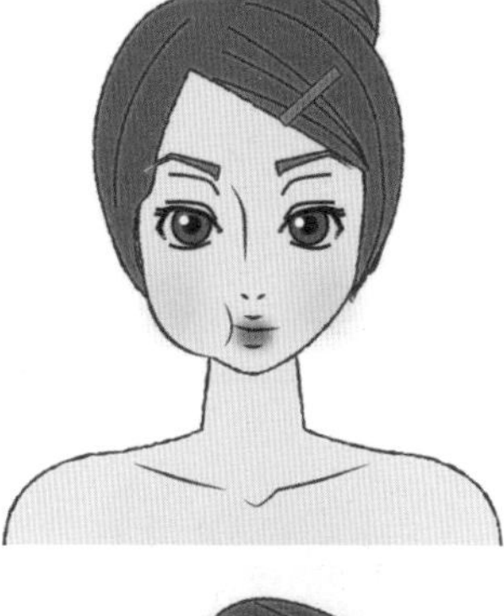

繼續緊閉嘴巴，再將右臉頰中的空氣全移到左臉頰，停留5秒。

預防頸紋

頸紋也容易洩露年齡的秘密。

那麼又預防頸紋有甚麼妙法？

馬承芝的答案是「睡覺不用枕頭」，原來她自小習慣不用枕頭，到有點年紀了，發現自己頸紋較少，才猜想當中的關係。

而要護頸抗紋，馬承芝會做以下一組瑜伽運動。

首先，雙手食指按摩耳下方位置。

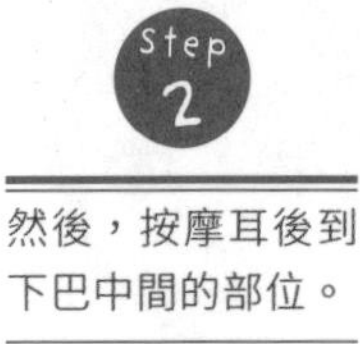

然後，按摩耳後到下巴中間的部位。

Step 3

最後，按摩下巴正中間。

2-10

耐美子之不私藏環球凍齡研究

韓系美魔女護膚美學（三）：

豬皮面膜保童顏

上文分享了韓國「童顏選拔大賽」冠軍馬承芝自有一套臉部瑜伽保鮮術，而她也有另一令人嘖嘖稱奇的護膚之道。本篇續談。

⚠ 豬皮面膜補膠原

據說有次馬承芝因為小孩不吃豬皮，她覺得豬皮營養豐富，丟了可惜，於是她將之煮爛成茸，混合薏仁粉，晚上拿來當 sleeping mask 敷面！雖然此舉被許多皮膚科醫生駁斥不可思議，不過馬承芝卻一直堅持。

豬皮含膠原蛋白，馬承芝認為外敷可補臉部膠原；至於薏仁，則有淡化黑斑、美白肌膚功效。

⚠ 花灑頭沖臉

馬承芝還有一些令臉部保持透亮緊緻的小秘技，例如洗澡時，用花灑頭沖臉部五至十分鐘。

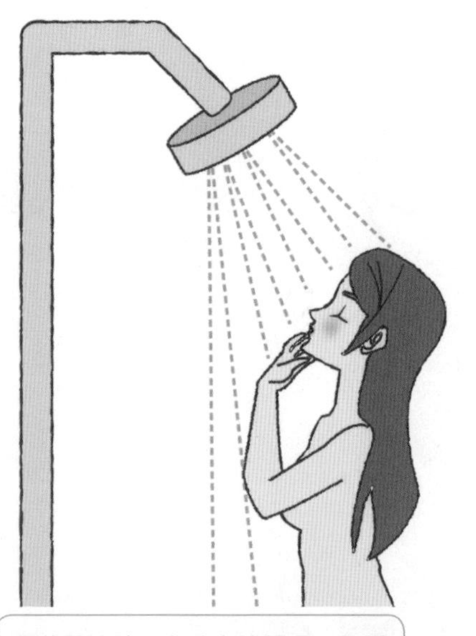

用花灑沖臉，有助血液循環，舒緩疲勞，因而令面部肌膚緊實。

美顏生活原則

此外，她也有一套飲食原則，就是清淡為主，並愛吃有顏色的水果及豆類食物，配合每天保持運動。

她也強調：女人無論幾多歲，都要愛自己，不能放棄自己。身心得到保養，再加上自我信念，就是馬承芝的凍齡秘訣。

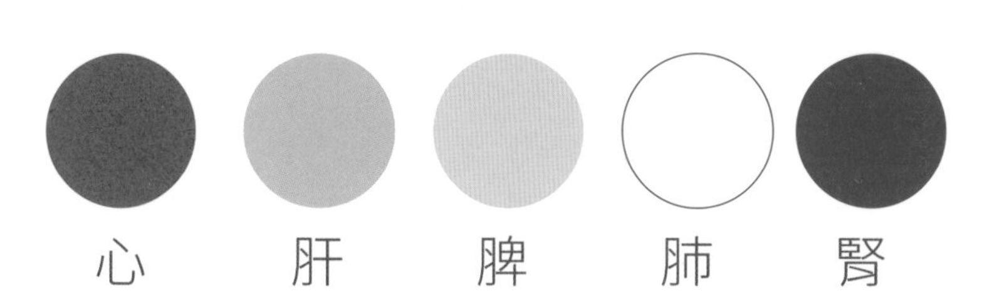

在中醫養生傳統之中，就有「五色入五臟」的說法，指五種顏色的食物（紅、綠、黃、白、黑），可分別對應保養五臟（心、肝、脾、肺、腎），即紅色補心、綠色養肝、黃色益脾、白色潤肺、黑色補腎。

2-11

耐美子之不私藏環球凍齡研究

中華系美魔女護膚美學（一）：古代四大美人之養顏偏方

大家對日韓美魔女讚不絕口，其實也不用只羨慕鄰國佳麗，因為回看中國，自古也盛產氣質美人，古代四大美人能做到「沉魚落雁，閉月羞花」，其獨門美容護膚秘方，即使來到二十一世紀的今天，依然甚具參考價值。

西施：豆腐養顏法

據說西施靠豆腐美顏。她不止天天吃，有時更會把豆腐弄碎，放在紗布袋內揉搓臉部，令皮膚變細滑。

以現今科學解釋，豆腐含豐富大豆異黃酮，能改善皮膚衰老、緩解更年期綜合症等徵狀。近年日本也有研究指豆腐內的亞油酸可阻止黑色素形成。如此看來，西施常用豆腐來敷臉按摩，令皮膚保持亮白有光澤，也不足為奇。

王昭君：五果羹養顏法

王昭君是個很注重養生的人，追求內調外養，鍾情每天喝一碗以紅棗、桂圓、杞子、雪梨、香蕉、冰糖煮成的「五果羹」來美顏。

紅棗，可補氣血、養脾胃；
桂圓，即龍眼肉，同樣可補血、有安神之用；
杞子，益肝腎、可明目；
雪梨，清熱生津、潤肺化痰；
香蕉，清腸胃、治便秘；
冰糖，入肺經、脾經，潤肺止咳。

貂蟬．補氣藥汁養顏法

貂蟬則有自家一套補氣養顏法，以白朮、蓮子芯、金銀花、當歸、人參煎成藥汁早晚飲用。據說連飲半個月面色能回復紅潤，皮膚更白皙細膩。

白朮，健脾去濕；
蓮子芯，清心安神；
金銀花，清熱解毒；
當歸，活血調經；
人參，大補元氣。

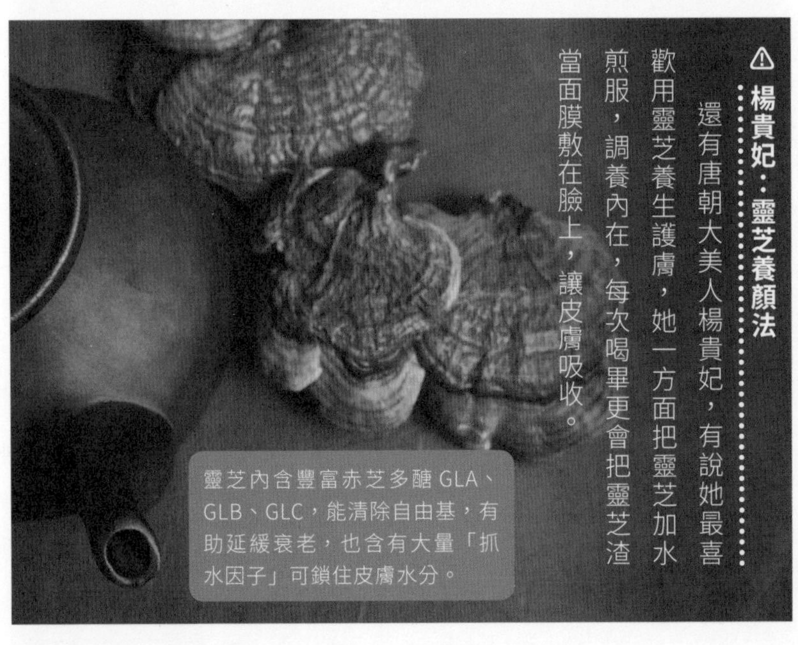

楊貴妃．靈芝養顏法

還有唐朝大美人楊貴妃，有說她最喜歡用靈芝養生護膚，她一方面把靈芝加水煎服，調養內在，每次喝畢更會把靈芝渣當面膜敷在臉上，讓皮膚吸收。

靈芝內含豐富赤芝多醣 GLA、GLB、GLC，能清除自由基，有助延緩衰老，也含有大量「抓水因子」可鎖住皮膚水分。

2-12 中華系美魔女護膚美學（二）：武則天之養顏偏方

要數中國歷代美魔女，唯一女皇帝武則天可謂絕佳例子。據古書《新唐書》記載，她「雖春秋高，善自塗澤，雖左右不悟其衰」。有說她年過八十，仍然不顯衰態，精神抖擻，治國有方，其不老傳說為人津津樂道。

據說中國女皇帝武則天也有其駐顏秘方。（網上圖片）

益母草美顏秘方

唐代醫學巨著《外台秘要》中，記載了武則天曾長期使用一則美容藥方，其中主要成分是益母草。相傳此方煉製方法複雜，須用上五月初五清晨採摘、不帶泥的益母草全草，曬乾後搗成細粉過篩，再加麵粉和水調好，捏成餅曬乾，及後將藥團放在黃泥爐中以大火燒片刻，再改用文火燒一個晚上，取出待涼後，磨研過篩儲存。

熟齡女士如果有長黃褐斑的煩惱，可能跟腎虛有關，可飲用益母草桑寄生蛋茶，成分當中，益母草活血化瘀、桑寄生補肝腎，既可養生，同時美顏。

武則天使用時，加上十分之一滑石粉、百分之一胭脂調勻，每日早晚用來洗臉、洗手，肌膚漸變嫩滑白潤，容光煥發，用上一個月後臉色紅潤，看起來青春如少女，去斑、消皺尤其有效。

現代人則幸福多了，可使用有益母草成分的護膚品，簡便快捷。

內服可活血調經

益母草除了可外敷，亦可內服調理身體。益母草為唇形科植物，性微寒，味苦。李時珍《本草綱目》亦指出，「其功宜於婦人及明目益精，故有益母、益明之稱」，有活血化瘀、調經消水的功效，鮮嫩的益母草可食用及做湯，營養豐富。

現在我們在中藥店可找到益母草，配雞血藤有活血、補血作用；配當歸則可去瘀、治痛經。

然而，並非每個人也適合服用益母草，孕婦忌用，血虛無瘀的人不宜，陰虛血少的人也忌用之，服用前請先向中醫查詢。

2-13

耐美子之不私藏環球凍齡研究

中華系美魔女護膚美學（三）：慈禧太后之養顏偏方

清末的慈禧太后堪稱是凍齡美人之典範，據說她七十高齡時，皮膚仍像四十中女般嫩滑光澤。究竟她有何駐顏之術？

慈禧太后的駐顏秘方，一直為人津津樂道。（網上圖片）

外用「玉容散」洗臉

據說其中一個方法，是天天以「玉容散」洗臉。此方以白丁香、鷹白條、鴿條白加上綠豆粉、白牽牛、甘松、白朮等中藥材調成，每次洗臉時把磨成粉末的材料加水調成糊狀，再直接塗在臉上，輕力按摩五分鐘，有美白淡斑之效。

白丁香、鷹白條、鴿條白，其實分別即是麻雀、鷹及鴿糞中的白色物質。而使用此方者，務請先諮詢醫師意見，否則或會造成藥物過敏。

內服人參、珍珠

慈禧太后也很著重內在調理，據說當年她長期受胸脅脹滿、食欲不振等症狀困擾，於是她天天嚼食人參片，每隔十天又服用珍珠粉調理，久而久之達養生駐顏的效果，令太后愈活愈年輕。

人參，具補五臟、安神定魂、明目益智功效；珍珠粉，有安定神經、養陰解毒、美白生肌作用。

2-14

耐美子之不私藏環球凍齡研究

中華系美魔女護膚美學（四）：大S與范爺之美顏秘技

無論是古代美人、還是現代美女，由古到今，女人為達到目的而勇往直前的毅力，真是不可小覷！尤其女明星靠張臉吃飯，臉子與星途掛勾，為了美顏，她們扭盡六壬的程度，絕對非一般女子能及！

本篇一起來探討兩位現代中華美女──大S和范爺，兩位為了美顏而無所不用之奇技！

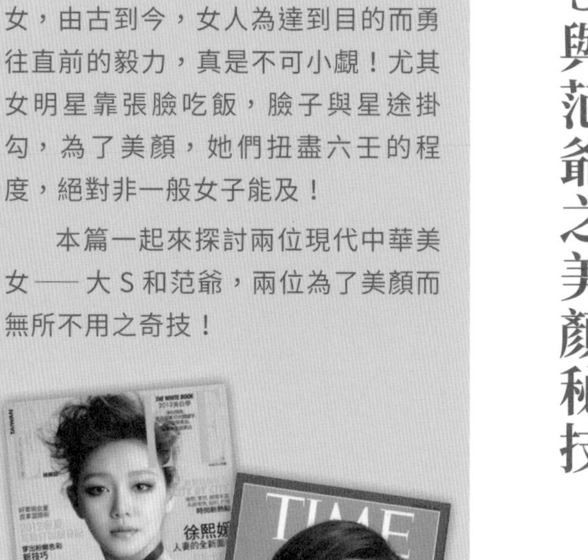

兩位美女經常成為封面人物，范爺更曾獲選入《TIME》2017 年度全球重要影響力百人榜之一。

⚠ 大S美白大過天

一、防曬密技

據報道，台灣美容大王徐熙媛（大S）出名貪靚，其防曬習慣可謂相當鋪張，有說她外出必定帶備太陽眼鏡、太陽傘、塗上厚厚的防曬品，而且她所使用的防曬用品並非一般產品，那是皮膚癌患者使用的乳液！由於這種乳液塗起來較白，大S會細心地調上粉底，令色澤看來較自然。現在她是母親，為了帶孩子，無法塗這麼多東西上臉了，於是調整了防曬策略，例如堅持穿長袖衣服，戴上防UV的罩面帽等。

二、內外兼用珍珠粉

做足防曬外，大S亦勤於美白，珍珠粉就是她的傍身之寶。早晚服用之餘，亦將之製成美白面膜及混進潤唇膏使用。

珍珠粉，含有錳、銅、鋅三種微量元素，可促進人體肌膚超氧化物歧化酶（SOD）的活性，抑制黑色素形成，因此可有抗衰老、除皺紋的美容功效。

三：常照8倍放大鏡

為了防微杜漸，她更有塊能把臉孔放大八倍的鏡子，天天照鏡子檢查，一旦發現色斑等皮膚問題，即對症下藥。

⚠ 范爺狂愛面膜之癖好

一、日敷兩塊面膜

數美白狂人，怎少得愈年長愈美艷的范冰冰（范爺）。她出名愛敷面膜，一年用量達到七百塊之多，即平均每日敷兩次 mask！

二、家中置面膜專用雪櫃

據講她家中甚至有台雪櫃，專門擺放面膜。不時有網友拍到范爺敷上面膜通街走。對於敷 mask，她滿腹心得，選面膜，她看的不是品牌名氣及價錢，而是功能，她曾經推介一款藥妝店平價美白淡斑面膜。

三、飛機上敷免洗凍膜

每次出差搭飛機，定必敷上免洗凍膜，然後好好睡一覺，翌日醒來，皮膚又白又亮。

講到底，美白護膚就是要持續做才見成效。天道酬勤，上天會獎勵勤力的女士！

1/8
范冰冰
已关注
四海八荒传说中的面膜篇来啦！我只能说分享是种美德！
嗨！各位精致的女孩们，我现在车上，赶往去机场的路上，来给大家兑现这个分享敷面膜心得的约定。时间特别赶，所以只能在车上码字啦。今天刚刚在上海拍完广告，马上要去泰国工作，这会儿到机场的路程大概有一个小时左右，我已经卸完妆在车上敷面膜啦。

范冰冰經常在社交媒體上分享使用面膜的心得。

2-15

耐美子之不私藏環球凍齡研究

中華系美魔女護膚美學（五）：DIY中草藥面膜

博大精深的中醫及食療處方，可固本培元，善用中草藥外敷內服，花一點時間，身體機能得以調理，看上去自然容光煥發，就是連韓國美容界近年亦推崇「漢方」，可見中草藥美容，有口皆碑。

經凍齡學苑的調查員作大搜查後，本篇來為大家介紹三種聞說具有駐顏效用的中藥草本面膜。

七子白面膜粉

中國的古代女子也追求美白，有說一直流傳著一個宮廷美白面膜秘方，以七種藥材粉混合製成，材料包括：白朮、白芷、白芨、白蘞、白茯苓、白芍、珍珠粉。

此配方美白功效特佳——白蘞及白芨可美白肌膚、除暗瘡；白芍可去面黃、色班及抗氧化；珍珠粉外用有深層美白及控油消炎等效果。

每周兩至三次，建議晚間使用。在網上搜尋一下，發現不少網友對這款面膜讚譽有加，更有小店將配方磨成面膜粉出售。

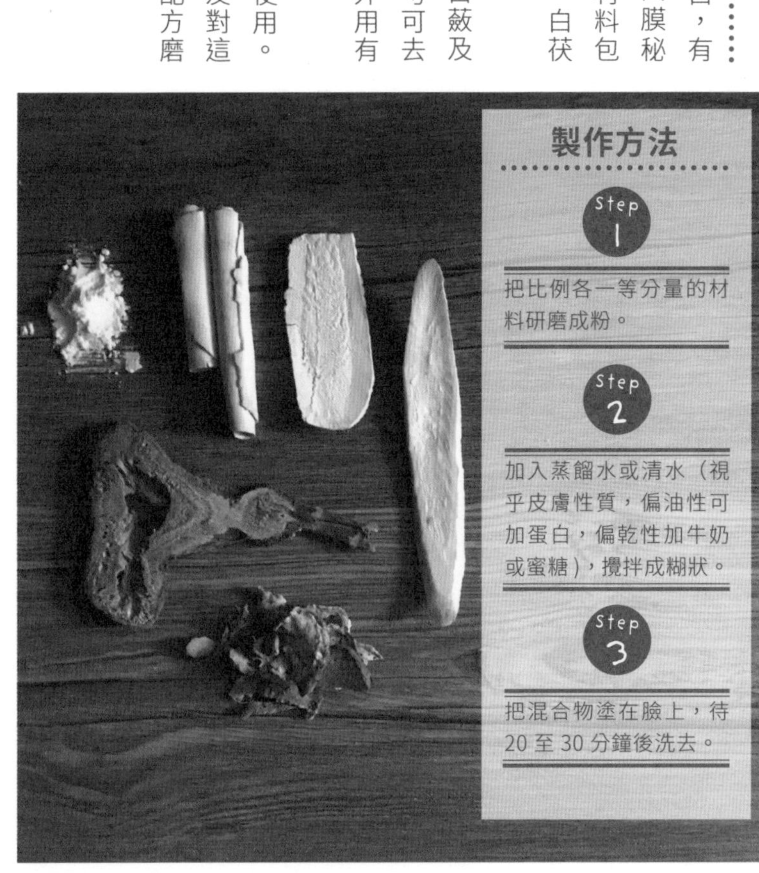

製作方法

Step 1

把比例各一等分量的材料研磨成粉。

Step 2

加入蒸餾水或清水（視乎皮膚性質，偏油性可加蛋白，偏乾性加牛奶或蜜糖），攪拌成糊狀。

Step 3

把混合物塗在臉上，待 20 至 30 分鐘後洗去。

⚠ 薑黃抗皺去斑面膜

以下介紹一種用薑黃為主要成分製成的面膜。

薑黃活血化瘀，可助修復日間紫外線對皮膚造成的皺紋，有預防皮膚老化之效。

使用此面膜要注意：由於天然薑黃色素會殘留在肌膚一段時間，為免無辜變成「黃臉婆」，建議只於晚間使用。

秋冬滋養面膜

冬天天氣乾燥，必須讓肌膚保持滋潤；而轉季入春時，容易觸發敏感皮膚，保濕是要務。以下介紹一款以杏仁粉、白果粉、珍珠粉及天門冬粉為成分的面膜。

杏仁粉有滋潤肌膚功效，據說連唐代楊貴妃的「紅玉膏」也以杏仁為主藥；天門冬是百合科植物，大家可能不熟悉，現代藥理發現它有抗氧化和延緩衰老的作用，也能潤澤肌膚，但其性寒，內服要小心，孕婦尤其忌用。

以上這三道草本面膜，材料都可以到中藥店自行購買及研磨調配，但必須因應個別身體情況而用，如有疑問，也建議先諮詢中醫師的意見。

製作方法

Step 1

杏仁粉、白果粉、珍珠粉、天門冬粉各一等分量。

Step 2

加入適量牛奶、蜂蜜拌勻。

Step 3

把混合物敷於臉上 15 至 20 分鐘後洗去。

2-16

耐美子之不私藏環球凍齡研究

泰系美魔女護膚美學：

天然果物美顏大法

認識泰國著名選美皇后 Apasra Hongsakula 嗎？她生於 1947 年，1965 年當選環球小姐冠軍，是該選美比賽第二位來自亞洲地區並奪后冠之美女。數算一下，這位大美人如今年逾七十了，仍活躍於泰國美容界，更把自己作為生招牌吸客。大家上 Google 查一查看就可以了解到，她現在的樣子的確還是跟當年選美時不相伯仲。

不得不承認，泰國女生駐顏凍齡確有一套。難得的是，她們大多都沒有使用嶄新的醫學美容技術，靠的都是日常生活經常接觸到的植物蔬果，外敷內服，令肌膚保持亮澤健康。泰國美女有何凍齡妙法呢？

Apasra Hongsakula, the Thai winner of the 1965 Miss Universe competition !

Tak Menua, Miss Universe Thailand Usia 67 Tahun Masih Cantik Sampai Sekarang

Senin, 20 Oktober 2014 12:00
Penulis: yel

來自泰國的 Apasra Hongsakula 於 1965 年當選環球小姐冠軍，2014 年（67 歲）的她風采不減，又一凍齡實證。
圖片來源：www.vemale.com

羅望子磨砂柔膚

人氣之選，首推擁有豐富維他命及礦物質的羅望子。據說把它搗爛直接敷在臉上作磨砂，不但可去除臉部死皮，令肌膚變柔軟，坊間秘方也有說，把一杯蜜糖混入羅望子茸再加入三湯匙乳酪，輕敷臉上十分鐘再洗去，可有效潔膚兼助血液循環，有助護膚品的吸收。

羅望子含有豐富天然果酸 Alpha Hydroxy Acid (AHA) 成分，有助減淡疤痕及黑斑，令皮膚變亮白年輕。

⚠ 木瓜敷身去死皮

另一美顏好幫手，是木瓜。平時我們大都是將木瓜做沙律吃，泰國女生則愛把它去皮搓爛，敷勻臉部、全身再按摩。

木瓜的果肉含有酵素，能有效減退臉部皮膚黯啞及去除死皮，令人看起來自然容光煥發。

⚠ 薑黃抗氧化推手

不可不提，還有薑黃。薑黃不止可外敷，更能內服。把薑黃粉加水調勻，敷在臉上並輕力磨砂三至五分鐘，可去除角質死皮。泰國人都愛把薑黃入饌，女生更愛把薑黃加進檸檬、香茅、薑、羅勒，榨汁同飲，一邊排毒，一邊變美。

薑黃是東南亞最常見的香料，擁有抗氧化、調節免疫系統、減少皮膚炎症等功能。有研究指薑黃同時含有錳 (Manganese) 礦物元素，能有助體內製造膠原蛋白，維持皮膚彈性光澤。

當然，泰國人的飲食習慣也應記一功——多菜、多水果，以海鮮代替紅肉，也以綠茶、椰子水代替酒精飲料，還常做泰式按摩，讓身心靈得到舒緩放鬆。種種妙法，內外兼顧，人看起來，不年青才怪。

耐美子之不私藏環球凍齡研究

2-17 俄系美魔女護膚美學：俄式桑拿焗拍打出美人兒

俄羅斯盛產美女，看一次奧運已叫人刮目相看，有些即使年過五十，皮膚仍像剝殼雞蛋般細滑。除了其東斯拉夫民族血統造就金髮綠眼、輪廓分明的標緻臉孔，原來俄羅斯女生在後天美容保養上也下了不少工夫，當中俄式桑拿，歸功至偉。本篇就來探討一下這種來自俄羅斯的美顏妙法。

⚠ Banya 桑拿「焗住打」

俄式桑拿早在公元十二世紀開始流行，流芳百世，是俄國最古老的傳統之一，不僅已成為俄國人生活的一部分，現代俄人更把俄式桑拿當成款客、遊客體驗文化的最佳節目。

這種俄式桑拿名叫「Banya」，表面上跟一般桑拿差不多——

據說用 Banny Venikq 帚子拍打身體，能加強血液循環，促進新陳代謝，表皮的微絲血管會擴張，不但有助排毒，大量血液的流動，可引發身體製造功能性膠原蛋白，以及啟動其他修補過程，由此令皮膚變得光滑。加上樹葉精油滲進皮膚也有助提升體內安多酚，令心情更放鬆，變靚自然事半功倍。

俄羅斯畫家 Boris Kustodiev（鮑里斯·克斯托依列夫）筆下的 Banya 桑拿。（網上圖片）

先潔淨身體，然後走進一個木製蒸氣浴室坐下或躺下，讓室內超過攝氏九十度的高溫蒸氣逼使身體不停排汗，以達至去水排毒的功能，之後再以冷水沖身收緊毛孔。以上焗蒸氣及浸冷水的步驟重複兩至三次。

Banya最獨特之處，就是在桑拿中途，會有專人拿著用植物枝葉紮成的帚子「Banny Venik」，為你拍打全身或臉部，聽落有點像「鞭刑」，其實帚子只是用尤加利葉、樺樹或櫟樹葉子束成，加上事前必須放在熱水浸軟才使用，所以拍打在身上也不會覺痛。

若嫌只焗身體不夠全面，俄國女生更會邊焗桑拿、邊敷蜜糖乳酪mask，有時甚至會把咖啡渣按摩皮膚，以對抗橙皮紋。

⚠ 加強人體免疫系統

除可改善皮膚質素，Banya也有助加強人體免疫系統。原理是當身體遇到蒸氣熱力，新陳代謝加快，連帶體內白血球數量也隨之增加，加上體內的有毒物質或重金屬會隨汗水排出，絕對有助抵抗疾病。

近年更有研究指桑拿有助提升體內HGH (Human Growth Hormone)賀爾蒙，此賀爾蒙對維持身體器官、組織及肌肉健康幫助很大，只是此賀爾蒙會隨年齡增長而急速下降。

有說平時不愛吃西藥的俄羅斯總統普京，都鍾情以傳統俄式桑拿來強身健體。

不過，桑拿未必個個也可進行，尤其有高血壓的朋友，須特別注意自己的身體狀是否適合。

2-18

耐美子之不私藏環球凍齡研究

古埃及美魔女護膚美學：埃及妖后美容秘方

要數歷代不老美人，「埃及妖后」克麗奧佩脫拉七世肯定榜上有名。這位古埃及托勒密王朝的末代女王，被後世公認為絕世佳人，憑藉美貌不僅能暫保王朝，也使強大的羅馬帝國帝王紛紛拜倒其石榴裙下，難怪世人一直對她的美容駐顏術大感興趣。

法國歷史畫畫家 Jean-Léon Gérôme（尚 - 李奧·傑洛姆）筆下的克麗奧佩脫拉七世。
（網上圖片）

牛奶浴浸

相傳當年埃及妖后天天浸蜜糖驢奶浴，而她為了有足夠的奶量，不惜找來七千隻驢子，每天供應足夠的奶量。這道偏方獲後代女性爭相倣傚，古羅馬帝國的皇后們、拿破崙一世的妹妹等，都對驢奶浴情有獨鍾。而隨著時代變更，牛奶普及度遠勝驢奶，於是今天的平民也一樣靚得起。尤其睡前浸牛奶浴，令身心放鬆，能睡上一晚好覺，起來時不容光煥發才怪。

專家指，姑勿論是驢奶、還是牛奶，都含有豐富乳酸，即α-羥基酸（AHA），能滲透皮膚表層，踢走壞死細胞及死皮，兼且能刺激健康細胞再生，所以能做到去皺、美白、緊膚的作用，皮膚自然也能回復年輕有光澤。同時，AHA 能幫助吸收空氣中的水分，變相成了皮膚最佳保濕劑。

死海浸浴

除了浸奶浴，據說古埃及人也喜歡到死海浸浴，甚至有指埃及妖后特別佔用了其中一處死海範圍作私人享用，她不但浸礦物溫泉，也用死海的黑色泥漿敷臉，使皮膚柔滑如脂。

我們未必可以親身到死海享受浸浴，不過市面上有不少死海泥護膚產品，如死海面膜、死海肥皂等，想有如埃及妖后的一身美肌，不妨一試！

死海是世界上地勢最低的湖泊，在海拔以下四百多米，湖水鹽度極高，富含大量鎂、鈉、鉀、鈣、溴等珍稀礦物，可深度清潔皮膚，消炎殺菌，並作出修護滋養，活化細胞，促進新陳代謝，因而令肌膚保持年輕。

2-19

耐美子之不私藏環球凍齡研究

南美系美魔女護膚美學：

源自大地的不老仙丹

從來喝茶都被視為最佳的養生方法之一，尤其中、日、台、韓四地，自古已認定茶乃養生的靈丹妙藥，而遠在太平洋另一端的南美洲，當地人同樣愛喝茶，不過並非我們喝慣的紅茶、綠茶或花茶，而是一種名叫「瑪黛茶」(Yerba Mate)、又名「巴拉圭冬青」的草藥茶。

「凍齡仙丹」瑪黛茶

此冬青只生長在南美洲伊瓜蘇大瀑布附近的熱帶雨林，據說含有豐富瑪黛因、茶多酚、綠源酸、單寧酸、維他命等近二百種天然元素，比中國綠茶所含的還要多，當中超過一半有抗氧化成分，具有提神安眠、通便減肥、降血脂、膽固醇及預防糖尿病等功效，對於以肉食為主的南美洲人來說，此茶絕對是保健救星。

針對美顏方面，瑪黛茶具抗氧化、消毒殺菌等功能，有助抗衰老、美白及清除暗瘡等，難怪南美洲的女性都把冬青奉為「凍齡仙丹」，每日最少喝上一 杯不在話下，甚至把茶葉搗爛直接當面膜敷在臉上。

瑪黛茶 (Yerba Mate)
（網上圖片：維基百科「Mate」）

「抗老果實」仙人掌梨

內服，有瑪黛茶；外敷，則有「仙人掌梨油」。仙人掌梨又叫「刺梨仙人掌」，是仙人掌葉子上的果實，因為外貌似梨卻長滿粗刺而得名。

我們香港人對此可能比較陌生，但對於原產地墨西哥人來說，仙人掌梨像蘋果、橙一樣普遍。據說當地人會趁刺梨上的粗刺還未變硬時採摘，去皮後直接食用，又或做沙律，或切件跟雞蛋、辣椒同炒成早餐，也會製成酒精飲料 Colonche 來款客。

近年當地人會從仙人掌梨冷壓提取仙人掌梨油，用作美容護膚，因其含有抗氧化成分及深層保濕功能，可活化肌膚，減退細紋與疤痕，內含豐富的維他命E（據說是摩洛哥堅果油的1.5倍）及亞油酸，能有效防止皮膚水分流失，可軟化和滋潤皮膚，難怪近年已超越摩洛哥堅果油成為美容界凍齡新貴。試想想，八噸果實才能製成一公升油，難以大量生產，可謂真的相當珍貴。

仙人掌梨營養豐富，含有豐富維他命 B、C，以及鈣、鉀、鎂等有益礦物質。有說一個刺梨能供應人體每天三分一維他命 C 所需，含量是奇異果的三十倍！加上含有豐富超氧化物歧化酶（SOD），能增強身體免疫力、加速新陳代謝外，也有顯著的抗衰老作用。

耐美子之不私藏環球凍齡研究

法系美魔女護膚美學：黑肥皂洗出白滑肌

法國人向來崇尚「Less is more」的簡約生活哲學，衣著打扮如是，原來美容也一樣。而法系女生們，都喜歡靠小小的「黑肥皂」（Savon Noir）來抗老、護膚。

調查之下，得知這種黑肥皂其實源自北非摩洛哥，流傳幾百年，乃當地最普遍的潔膚護膚古法，也是當地人歎蒸氣浴的必備法寶。

家家有祖傳秘方

雖說法國人家家戶戶都有祖傳秘方自家製造黑肥皂，但基本上材料都離不開：大蕉皮、可可莢、乳木果樹皮、棕櫚樹等土生植物，再加上椰子油、棕櫚油及乳木果油等。

大蕉皮和可可莢，具有超強抗氧化功效；椰子油、棕櫚油及乳木果油，則擁有豐富維他命E及可提升身體製造膠原蛋白的脂肪酸。此外，椰子油中的辛酸（Caprylic acid）、癸酸（Capric acid）等能平衡皮膚pH酸鹼值，可舒緩皮膚敏感或炎症，有助控制粉刺和暗瘡。

而天天使用黑肥皂，能有效軟化肌膚，去除角質死皮，從而促進後續護膚品的吸收。

一物多用功效多

市面上的黑肥皂產品，多半呈膏狀，用法簡單——先先以熱水沖身，讓皮膚毛孔擴張，再以打圈方法逐少把黑肥皂塗抹上身，待五至十分鐘深層清潔後，便可用溫水沖身。

想去角質的話，可穿上磨砂手套輔助打圈清潔，簡簡單單便能令肌膚亮白保濕，難怪連公認「識貨」的法國女生都鍾情。

黑肥皂除了美容護膚，也有家居清潔的功能。據說能清潔地板、瓷磚，有效去漬，甚至除蟲。至於居家清潔用的黑肥皂，一般為液體，注意有可能加入了不同的化學成分，或對皮膚有害，所以絕對不能拿來用於潔膚、洗澡，各位要切記分清、切忌用錯！

製作方法

首先，把植物材料曬乾。

然後，將已曬乾的植物材料烘成灰燼。

在灰燼中，加入棕櫚油、椰子油、乳木果油等再加熱（近年改良版本，會加入黑橄欖及橄欖油或阿麻籽油），經過 24 小時不停攪拌直至凝固。

最後，把凝固物風乾兩星期，便可使用。

2-21

歐美系美魔女護膚美學（一）：美國超模讓歲月不留痕之生活日常

當談到美國殿堂級超模，你會想到哪一位？相信 Cindy Crawford 必定是佼佼者之一。

1987 年開始踏足天橋的她，憑著性感又健康的無敵外形，在模特兒界極速竄紅。今天，她已年逾五十，而依然保持極佳狀態，更不止一次在社交網站貼出素顏 selfie，也每每令人驚歎，歲月彷彿從未在她身上留痕！

Cindy Crawford（網上圖片）

每星期做 spa

縱橫時尚圈三十年的Cindy，日常的工作夥伴多是頂尖化妝師及髮型師，跟大師合作，讓她有機會不停「偷師」，掌握更多護膚秘訣。在日常保養習慣方面，Cindy非常看重做spa及各式美容療程。

她通常一星期做一次spa，並會選擇在運動後進行，透過加速血液循環來加強身體排毒效果，而且做spa令毛孔擴張，也有助後續護膚品的吸收。

由頭到腳的呵護

Cindy從頭到腳都不忽略。呵護一頭秀髮，她會做hair mask，洗髮前會使用pre-washing conditioner，然後才進行清潔。而針對足踝部分，她會使用擦子清除腳跟死皮，然後塗上具療效的按摩膏，再穿上襪子至少一小時，讓足部回復柔軟。

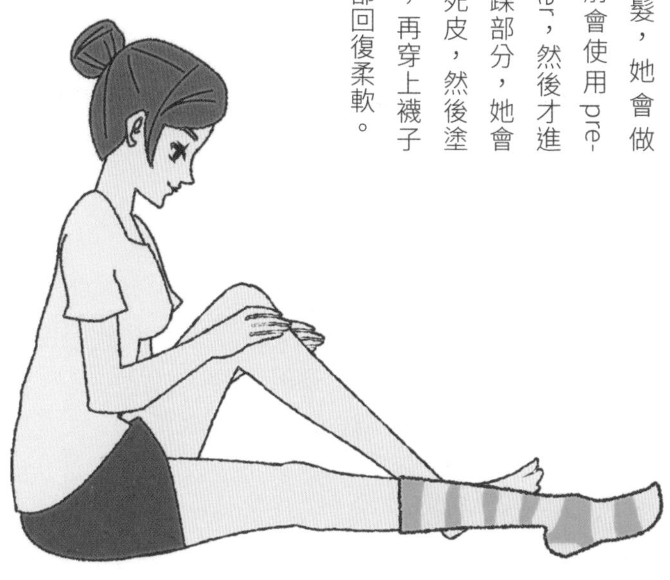

⚠ 勤做瘦面操

除此之外，Cindy更有一招瘦臉秘訣：「那是差不多二十年前了！我碰到一位女士在進行頸部運動，她說這可幫助消減鬆弛的雙下巴，以及讓兩頰線條更分明！」有效果嗎？Cindy到今日仍保持完美輪廓，不證自明。以下提供方法，大家以relax的心情來做吧！

Step 1 首先，躺在地上。

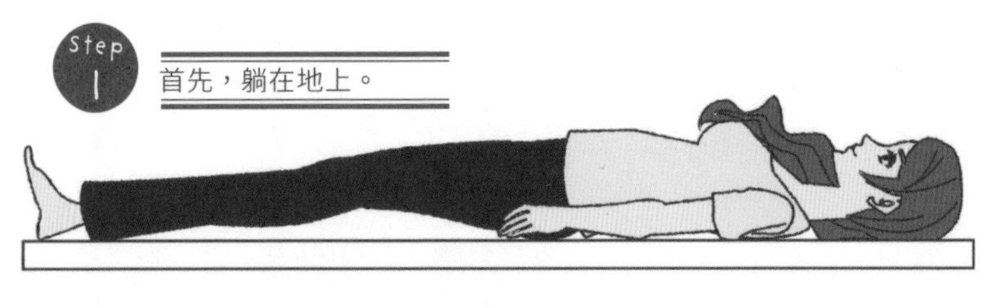

Step 2 然後，把頭抬起，頭頂盡量向下，下巴則盡量向天。

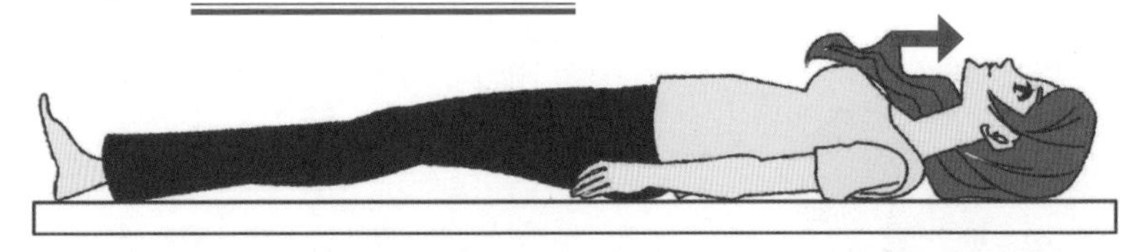

這樣重做三組，每組做十次，可根據個人需要增加次數，以保持面部輪廓緊緻。

⚠ 自信與熱情令女人變美

Cindy曾向傳媒大方分享她的凍齡心法，在她眼中有兩件事會令女人自然變美，那便是「自信」與「熱情」——

「這兩件事是從你而來，一些對你來說充滿熱情的東西，在你的言談間或眼神中，會讓你變得閃亮。」

2-22 歐美系美魔女護膚美學（二）：減齡三十年靠「生機飲食」

近年美國有位叫 Annette Larkins 的奇女子紅透半邊天，她不是演藝紅星，也不是《America's Got Talent》節目內的奇人異士；靠的，只是她超卓的凍齡秘技，別人以為她不到五十歲，實際她已年屆七十五之高齡！

據說，這跟她多年來奉行「生機飲食」(Raw Food Diet) 有關。

AGE 25

AGE 75

Annette Larkins 自設個人網站分享自己保持凍齡的心得，網站首頁便展示了她不同年齡的照片，有圖有真相，25 歲與 75 歲的她，外表看來的確分別不大。
圖片來源：https://annettelarkins.com （網上截圖）

何謂「生機飲食」

Annette 早在在二十一歲時便已開始吃素，四十五歲轉「生機飲食」，即是只吃未經加工或烹煮的新鮮蔬果，即使要煮，只以攝氏四十七度低溫慢煮，處理食物的方法，則主要是清蒸、風乾和榨汁。堅果麵包、青瓜脆片、秋葵片是她常吃的零食，偶爾她也會吃點蜜糖滋潤一下。

最難得的是，她所吃的蔬菜瓜果和香料，統統自家種植！

此外，她甚至會採集雨水直接飲用，百分百 raw vegan diet。

生吃之好處

生機飲食原來早已在歐美大行其道，連天后麥當娜、凱特王妃、名模Miranda Kerr都是捧場客。奉行這種飲食習慣有甚麼好處？首先，因為食物沒有經油炸、煎炒等高溫烹調，內含的天然酵素及營養都能保留，吃進體內可促進消化及新陳代謝，加上生機飲食的餐單都以低卡、高纖、維他命豐富的新鮮蔬果為主，不僅有助排便排毒、控制體重、保持窈窕，也能增強人體抵抗力，以及減低患上高血壓、心臟疾病等機會。

進行生機飲食，對於凍齡，如何發揮作用？專家指，人體細胞的基本壽命為120年，生機飲食的高營養及高纖維，能有效控制體內血糖及促進新陳代謝，身體細胞自然能吸收更多營養，修補復元的機能大大提高，人自然更有活力，變得更年青。

注意未必人人適合

不過，話雖如此，未必人人適合生機飲食。有些人一味只吃水果，或會吸取過多果糖，也造成營養不均。另外，大部分高纖蔬果、堅果、豆類等，都屬較難消化的食物，容易產生腹脹等問題；加上香蕉、奇異果等蔬果含鉀量高，腸胃功能較差或腎病患者都未必適合。所以說，生機飲食絕對因人而異，要小心配搭。

無論如何，飲食均衡，多吃蔬菜水果，少吃未經加工處理食物，肯定對身體及肌膚也好。

2-23

耐美子之不私藏環球凍齡研究

荷里活系美魔女護膚美學（一）：Pretty Woman的簡單美好生活提案

面上常常掛著燦爛的笑容、以「大嘴巴」為其獨特標記的荷里活女星 Julia Roberts，戲裡戲外樣子依舊迷人，怎樣看也不像已經芳齡五十！

Julia Roberts（網上圖片）

⚠ 平日保濕、防曬就 OK!

看到她的美貌加上大明星身分，想她必定經常鑽研美容護膚，但原來這位三子之母，平日只會做簡單的肌膚護理，她曾在《People》雜誌談及其稱不上「心得」的「心得」，「我是一個 busy mom！當你要為三個小朋友打點，有些事必須放棄。塗點保濕我就很高興了！」

除了基本潔面，平日她外出只會塗上防曬品，偶爾會用橄欖油混和暖水按摩，幫助修復肌膚。

橄欖油含維他命 A、D 及 E 及酚類抗氧化物質等成分，其中的脂肪酸和多種天然脂溶性維生素，以及礦物質，容易被皮膚吸收，有助於消除皺紋、美白肌膚，使皮膚恢復彈性。而用作護膚的話，須注意選用特級初榨冷壓的橄欖油（Extra Virgin Cold Extraction Olive Oil）。

⚠ 向 Botox say NO!

對於現今極流行的肉毒桿菌（Botox）注射，這位影后就曾多次表示抗拒，「我需要面部肌肉有表情，我想我的子女知道我何時不爽、何時開心、何時困惑，每張臉都是一個故事。」

雖然深知外表對女明星極其重要，但她拒絕整容，認為風險很高。

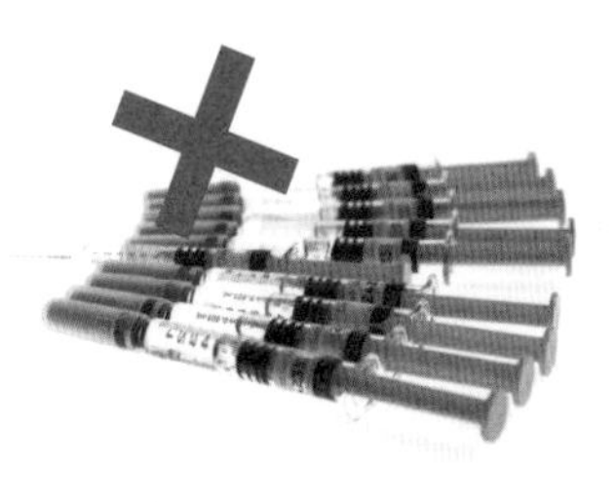

祖傳梳打粉刷牙

以燦爛笑容聞名的她，對護齒有個小堅持，就是每天用梳化粉混和牙膏刷牙，「這是家傳的方法，我爺爺一生人只蛀過一個牙洞。」

梳化粉混和牙膏刷牙是 Julia Roberts 家傳的刷牙方法。

奉行均衡營養飲食法

事實上，曾五度登上《People》雜誌「The World's Most Beautiful Woman 榮譽的 Julia，除了外貌、髮型、笑容外，就連身形都保持十年如一日，流露自然風采。可能你會以為她為了瘦身而長期「無啖好食」，但這位影后很喜歡吃麵包，現時流行的「低醣飲食」（Low Carb Diet）對她來說根本不可行，所以她請來營養師為自己設計餐單，希望可以攝取均衡營養。營養全面，難怪她愈食愈容光煥發。

2017 年 Julia Roberts 第五度成為《People》雜誌選出的「The World's Most Beautiful Woman」。

每天必吃牛油果

除了無包不歡，Julia還有一款必吃食品，就是牛油果，鍾愛程度是每日早餐和晚餐都必吃。

牛油果含有大量不飽和脂肪酸，屬於「靚脂肪」，纖維量亦高，有助降低膽固醇和血脂。要注意的是，牛油果熱量較高，有建議說一個人每天只可以吃半個。

勤做運動保持體態美

要保持體態，單是吃得健康並不足夠，運動也非常重要，Julia也深明這個道理，所以她會做多種類型的運動，包括瑜伽、增強式肌肉訓練Plyometrics、Pilates及水中健身操等。她曾在一篇訪問中提過：「老實說我不喜歡運動，但運動令我有滿足感、頭腦清晰、充滿能量和喜悅，連帶做所有事都充滿魄力。」她的私人健身教練也稱讚這位大紅星，連拍攝電影《Eat Pray Love》時，走遍全球，也堅持每天運動，恆心及毅力可嘉。要美、要健康，不是坐著就可得到，一定要運動。

stay young!
keep running!

2-24

耐美子之不私藏環球凍齡研究

荷里活系美魔女護膚美學（二）：「籮霸」逆齡不老之揭密

擁有一頭飄逸長髮、一身健康膚色、曲線玲瓏的身形，Jennifer Lopez（人稱「籮霸」）最惹人談論的，除了是她在舞台上的攝人魅力，肯定是她逆齡不老的外形。究竟這位兩子之母、年近五十的樂壇天后，是如何保持她的靚樣？從她過往的一些訪問中，或可找到答案。

Jennifer Lopez（網上圖片）

以果酸潔膚

在日常護理方面，Jennifer特別著重肌膚的清潔，喜歡用甘醇酸（Glycolic Acid）更新肌膚。日子有功，難怪Jennifer無時無刻都散發健康光澤。

甘醇酸是果酸的一種，可以去除老舊角質、加速細胞再生、減少皺紋和增加皮膚光澤等等。

謝絕煙酒、咖啡因

五光十色的演藝圈，總令人不期然聯想到夜夜笙歌，晚晚美酒佳餚，然而Jennifer的生活習慣卻是驚人的單純自律。她奉行健康生活，亦謝絕煙酒及咖啡因飲品，因為尼古丁、酒精和咖啡因，會加速肌膚老化。

提防紫外光

生於加勒比海波多黎各的她，天生擁有令人羨慕的小麥膚色，但這位樂壇天后原來並不熱衷曬太陽，因為她明白紫外線會令身體產生自由基，破壞身體的骨膠原，令皮膚鬆弛。

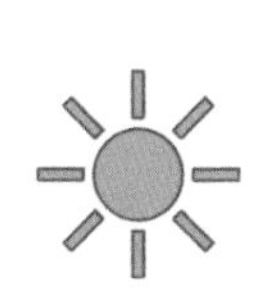

勤運動、多喝水

看到Jennifer平滑的腹部和招牌美臀，就知道她的運動量不少。Jennifer有兩名教練為她度身訂造運動方案，而運動前她有個小習慣，就是多喝一點水，她認為這樣有助提升運動表現及效果。

注重蛋白質吸收

飲食方面，她十分注重蛋白質的吸收，因為蛋白質可以提供長時間飽肚感，也供給肌肉鍛煉的養分需要。為了食得健康，她更經常親自下廚，最愛煮的就是家鄉菜，亦特別愛吃未加工食物和綠色蔬菜。

蛋白質是為皮膚製造膠原蛋白的重要成分，假如蛋白質不足，膠原便減少，皮膚也隨之失去彈性。

每天冥想二十分鐘

Jennifer深信終極美麗需要由內而外。心情好的話，人自然氣息和善，煥發神采，所以她堅持每天冥想二十分鐘，調節身心。

8至10小時睡眠

至於她的頭號凍齡心得，首推睡眠，自言每天起碼要睡八小時，最好十小時。

一個十小時的「美容覺」，聽上去簡單，卻何其奢侈！

2-25

荷里活系美魔女護膚美學（三）：

拉丁性感女神坦言「接受自己」就是美

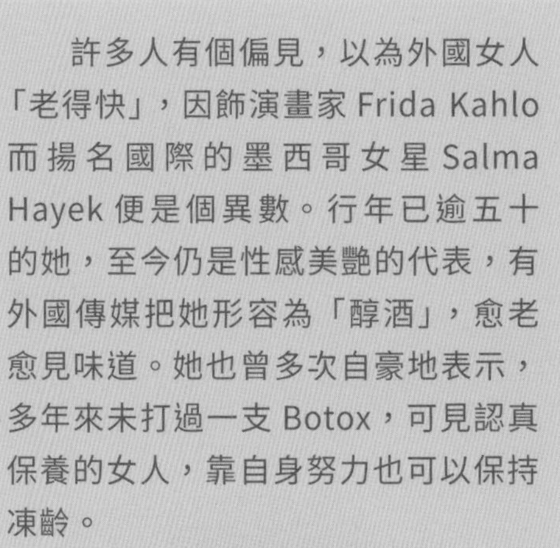

許多人有個偏見，以為外國女人「老得快」，因飾演畫家 Frida Kahlo 而揚名國際的墨西哥女星 Salma Hayek 便是個異數。行年已逾五十的她，至今仍是性感美艷的代表，有外國傳媒把她形容為「醇酒」，愈老愈見味道。她也曾多次自豪地表示，多年來未打過一支 Botox，可見認真保養的女人，靠自身努力也可以保持凍齡。

Salma Hayek（網上圖片）

⚠ 晚上做好潔面

《紐約時報》曾貼身採訪Salma的美麗秘密，發現她是「less is more」的支持者。她只會在晚上使用潔面產品，「這個觀念是祖母教的，她認為肌膚會在晚間修復日間的傷害，因此只要在晚間把清潔工夫做足，早上起來時，又何須再次清潔呢！」

至於晚間的清潔，她會以椰子油卸妝，再輔以玫瑰水去除餘垢，有時用花水噴濕毛巾再放到微波爐弄熱來敷臉，利用蒸氣效果擴張毛孔，徹底清潔臉龐，後續護膚品也會吸收得更好。

使用椰子油卸妝，有保濕、抗菌的效果，但須注意選擇有機、未經精製和冷壓的種類，並先在皮膚上作小部分試用，看看會否敏感。

⚠ 別過分磨砂、去死皮

她亦提醒女士們，磨砂、去死皮等動作，不要做得過分頻密：「很多美國的女孩子喜歡經常磨砂，好讓自己的皮膚看起來充滿光澤。不過長遠來說，其實會對肌膚造成很大損害，一星期兩次已非常足夠。」

⚠ 愛用玫瑰水、洋甘菊成分護膚品

護膚方面，她深信恰到好處的護膚步驟便已足夠，步驟並不繁複。每天早晨，她喜以玫瑰花水噴面，認為既溫和又能讓肌膚醒神：「噴完後我感到整個人大大紓緩！然後再用含洋甘菊成分的面霜，減少對皮膚的刺激。」

玫瑰花水含維他命A、B、C、E、K及單寧酸（Tannic Acid），具抗菌、抗炎、抗氧化之效，有助美白、淡斑、保濕，可舒緩肌膚泛紅、發炎等問題。

洋甘菊含有萜類（terpenoids）及類黃酮素（flavonoids）等成分，有鎮靜舒緩的作用，可改善肌膚乾燥、紅腫，對曬後肌膚有修復功效。

潤膚液混粉底液用

有些藝人視化妝為苦差，Salma卻樂在其中，在她眼中，化妝就如為自己描繪一張人像寫生一樣，讓自己輪廓看來更深邃。她有一個小貼士，就是把潤膚乳液加進粉底液中混合使用，她認為效果比單塗妝底液更佳。

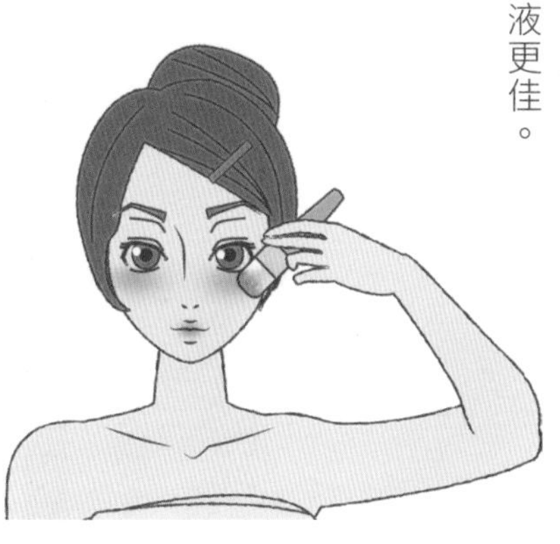

別花精力「扮後生」

大部分人見白髮色變，擁有一頭蓬鬆濃密黑髮的Salma崇尚天然髮色。她認為無論黑髮白髮，都是她個人的一部分，毋須刻意去處理：「另一個我從不染髮的原因，是因為我難以忍受把時間放在髮型屋內呆坐！青春有限，老是把精力花在『扮後生』上，會讓你無法好好享受人生。」笑言只會等到需要「見人」時才會修剪頭髮及眉毛，她就是這樣子率性自在。

在她身上，大家可看見她最重要的凍齡觀點便是——接受自己，不與年歲作無謂的對抗。

耐美子之不私藏環球凍齡研究

荷里活系美魔女護膚美學（四）：國際級演藝界紅顏美人保養心得

明星在鎂光燈下明艷照人，一旦走回現實生活，卸下華衣美服、俏麗妝容，要保持這份魅力一點也不易，所以特別佩服鏡頭內外美麗如一的女星！本篇介紹的六位不同年齡層的荷里活女星，都有凍齡外表，且又來研究一下她們各人的駐顏方法。

上左起：Victoria Beckham、Nicole Kidman、Jennifer Lawerence
下左起：Katy Perry、Scarlett Johansson、Miranda Kerr
（網上圖片）

Victoria Beckham

⚠ 奉行鹼性飲食法

碧咸太太 Victoria Beckham 已過不惑之年，但依然容光煥發，那是因為她每月大灑金錢護膚，她有三大凍齡秘技：

一、重視防曬，陽光不只令膚色變黑，還會令皮膚衰老，失去彈性，出現皺紋，變得乾燥粗糙，故古銅色肌膚的她，防曬絕不手軟，外出定會塗防曬乳。

二、勤敷面膜，尤其上妝前，先敷面膜保濕，打好底子。

三、奉行「鹼性飲食法」，避免吃如肉類、乳酪等偏重酸性食物，多吃如蔬果等重鹼性食物及多喝清水，保持身體酸鹼值於7.35至7.45之間。弱酸性的身體較為健康，可減低炎症發生的機會；身體健康，皮膚也會好起來。

> 有研究指吃酸性食物過多，會改變人體正常的鹼性環境，酸性體質的人罹患惡性腫瘤的機會較大，膚質較為粗糙，而且黑斑、色斑也較多。

Nicole Kidman

⚠ 駐顏靠防曬

已屆半百之齡的澳洲影后 Nicole Kidman 十分貪靚，坦承注射肉毒桿菌保持超緊緻皮膚之餘，亦十分重視防曬美白，自小勤塗抹防曬乳，不讓皮膚被紫外線所傷。據說，其父母有皮膚癌病史，令她對防曬特別關注。

Jennifer Lawrence

⚠ 泡浴鹽熱水澡

傻大姐 Jennifer Lawrence 快將二十八歲，但依然散發可愛少女的氣息，除因她的真我性情外，還因她勤於養顏。拍攝工作再繁忙，Jennifer 都堅持爭取時間泡熱水澡，且在水裡加浴鹽，舒緩疲勞之餘，也有去除皮膚老廢角質之效，令全身皮膚保持滑溜。

⚠ 常飲蘋果醋去斑美白

33 歲的性感女神 Scarlett Johansson 及樂壇天后 Katy Perry，兩位美人均相信蘋果醋有美白護膚功效，常常飲用。據說蘋果醋比檸檬水更厲害，含有大量維他命、抗氧化劑，能去斑美白。

蘋果醋含有多種果膠、維他命、礦物質及酵素成分，可降低血脂、促進血液循環及身體排毒，使皮膚保持光澤水潤。

Miranda Kerr

⚠ 定期喝冷榨果汁排毒

至於三十五歲的超模 Miranda Kerr 自有一套美白法則——早上喝含有大量維他命 C 的熱檸檬水；定期喝由羽衣甘藍、菠菜、青瓜、芹菜等健康蔬果打成的冷榨果汁，以助排走身體毒素；以溫熱綠茶蒸臉洗臉，綠茶具有抗氧化及抗老的效果，讓皮膚保持亮澤。凍齡如此有道，難怪與年齡比她小七歲的丈夫、Snapchat CEO Evan Spiegel 並肩站也不顯老態。

圖片來源：IG @ mirandakerr

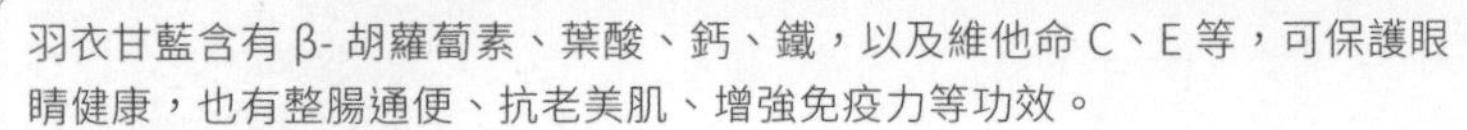
羽衣甘藍含有 β- 胡蘿蔔素、葉酸、鈣、鐵，以及維他命 C、E 等，可保護眼睛健康，也有整腸通便、抗老美肌、增強免疫力等功效。

— PART 3 —

耐美子

之

凍齡生活真人見本

本篇研究重點：

- 各界素人耐美子分享各自凍齡觀點
- 發現生活日常不作空談之耐美點子
- 參考真人見本為自己確立實踐清單

3-1

資深女藝人——龔慈恩

耐美子之凍齡生活真人見本

「人應該要求自己不斷進步，尤其現在資訊如此發達，大家比較多機會知道怎樣的方式才是對自己最好。」

姓名：龔慈恩（Mimi Kung）
職業：資深女藝人
年齡：50+

早前電視劇《那年花開月正圓》播映，又喚起觀眾對龔慈恩的記憶，大家都驚訝這位出道逾三十年的女演員，在熒光幕前依然魅力十足，肌膚透亮白皙，風采不輸年輕演員。原來在龔慈恩心目中，女人的「顏值」和年齡不是成反比的，「我覺得每個年紀有每個年紀的美，三十歲可能比二十歲漂亮，四十歲又比三十歲漂亮。」有這樣的自信，難怪獲護膚品牌選為代言人。

⚠ 後天努力，今天總比昨天美

女人的美麗，是先天重要還是後天？天生明眸皓齒的龔慈恩很重視後天的努力，「人應該要求自己不斷進步，尤其現在資訊如此發達，大家比較多機會知道怎樣的方式才是對自己最好；另一方面是科技先進，護膚品的質素也愈來愈好，不止能保養皮膚，也能去除缺點，所以今天絕對可以比昨天更美。」

⚠ 對付烈日，防曬工夫毫不鬆懈

到炎炎夏日，天生肌膚勝雪如龔慈恩對紫外線的防禦也是毫不鬆懈，「黑是其次，不防曬很容易令皮膚變乾、長斑，膚色變黃變啞，以前初出道拍古裝劇，經常傻傻暴露在烈日當空下，現在有經驗了，一定找地方遮陰，帽子、雨傘不會少。曬太陽一天後，也要塗保濕、美白，事前事後工夫都要做足。」

龔慈恩最近獲邀擔任護膚品牌代言人。
（TVC 截圖）

⚠ 隨時應變，讓肌膚保持最佳狀態

龔慈恩覺得護膚最緊要是從經驗中學習，每次去一個新地方，觀察自己的皮膚有甚麼變化，再想應對方法，「初初到大陸拍劇，發現住一、兩個星期後，皮膚會變很乾，所以學懂以後帶備放濕器。」

對於身為媽媽的女性，有時皮膚的大敵，是子女！一到夏天，經常聽到許多媽媽抱怨，自己怕曬，但子女暑期戶外活動多，被迫「陪曬」！育有一子一女的龔慈恩，跟大家分享一個聰明的做法，「我的子女也喜歡去沙灘，我會選傍晚時分出發，這樣可以避過最曬的時段，還可以待到晚上看星星，一舉數得！」

能夠享受到沙灘樂，又不怕曬黑，各位媽媽不妨學習。

成為耐美子 Check list

- 後天努力，今天總比昨天美
- 對付烈日，防曬工夫毫不鬆懈
- 隨時應變，讓肌膚保持最佳狀態

耐美子之凍齡生活真人見本

3-2 臨床心理學家——郭碧珊

「既然年齡不能逆轉，那為甚麼不活在當下，好好欣賞現時所有？」

姓名：郭碧珊（Kathleen Kwok）
職業：臨床心理學家
年齡：40+

如果說，人生真的有「贏在起跑線」的話，一級執業臨床心理學家郭碧珊(Kathleen Kwok)應該就是勝利組的一員。從小成績優異的她，中五會考後獲香港中文大學醫學院以暫取生計劃取錄，後來轉到心理學系就讀，一九九五年以一級榮譽畢業，專業路上平步青雲，更曾獲女性雜誌頒發「成功女士大獎」。

活在當下，欣賞現時所有

屈指一算，Kathleen 已經四十五歲，但歲月幾乎沒在她臉上留下痕跡，身為半個公眾人物的她，鏡頭前後一貫神氣清朗，相信這股積極的氣息，也為她的客人帶來正面的影響。

大部分人都希望外表看來比實際年齡小，但在 Kathleen 的專業領域，長相年輕倒未必是優勢。Kathleen 說，初入行時，她衣著成熟，多穿套裝，近年打扮反而較簡約，她笑言，這並非刻意扮成熟或後生，只是自然而然的轉變。她留意到有些女士，經常介懷自己的容貌或狀態不復當年，年齡成了心理關口：「其實今天的自己，永遠都比明日的自己年輕，或許這一刻你覺得自己不及往日漂亮，但過多幾年你回望，可能又會覺得這個時間的自己也不錯。既然年齡不能逆轉，那為甚麼不活在當下，好好欣賞現時所有？」

換轉心境，不執著於一個看法

心理學背景，讓她多角度思考，「舉個日常生活例子，記得有次，我在電車上讓一位動作很慢的老人先下車，但旁邊一位乘客一臉不耐煩，可能他剛好趕時間；在我的角度，我在幫人，是好事；在他的角度，我幫人是礙事。這沒有對錯，只是處境不同，就會有不同想法。」她相信，任何事情，換個角度就會換轉心境，不用太執著於一個看法，「我也在學習用另一角度看待自己臉上、眼尾的細紋。當我想到，每道細紋都是我深深感受過、生活過的痕跡，就覺得不用那麼介意。」

身心樂活，盡量「日行一萬步」

她也注意平日多運動，盡量「日行一萬步」，「日常活動量不算大，所以上下班能走路都走路，才幾層樓就選擇行樓梯。」

⚠ 基本護膚，以溫和、不致敏為主

自言不算姿整的Kathleen，平日只做基本護膚，「我本身皮膚容易敏感，年輕時也喜歡嘗試不同的護膚品，但試過出問題，一發不可收拾，所以現時的選擇以安全、不致敏為主。」

⚠ 減少化妝，讓皮膚減少負擔

提到最大的護膚心得，她覺得是減少化妝，「不知這算不算心得，但綜合朋友意見及自己的經驗，自己似乎是少化妝皮膚比較好，現在除非出席特別的場合，我一般都不化妝。」

心境正面，接受自己——相信這就是永不怕老的秘訣。

成為耐美子 Check list

- ■ 活在當下，欣賞現時所有
- ■ 換轉心境，不執著於一個看法
- ■ 身心樂活，盡量「日行一萬步」
- ■ 基本護膚，以溫和、不致敏為主
- ■ 減少化妝，讓皮膚減少負擔

耐美子之凍齡生活真人見本

美容生活 KOL——Meling Lam

「我覺得要成功凍齡，必須要找到自己的 passion，我找到了運動作為我的興趣。」

姓名：Meling Lam
職業：美容生活 KOL
年齡：40+

Meling 可說是第一代美容生活 KOL，傳媒人出身的她，二零零八年開始在部落格發布美容心得與美食體驗，一直以中肯的態度作分享，贏得一眾網友的信任，至今其 Facebook 粉絲人數已直逼三萬。在美容圈中打滾多年，見盡靚人靚事的 Meling，認為凍齡源自心態，能夠抱著「不放棄」及「積極人生」的生活態度，就毋懼歲月流逝。

⚠ 忘記年齡，那只是一個數字

在許多人眼中，Meling是一位擁有童顏的女生，皮膚水嫩白潤，不說不知，原來她已快將踏入四十四歲，對於這個數字，她坦然面對：「其實年齡對於我來說，只是一個虛無的數字而已。不過坦白說，以前讀書時期的確很憂慮，到底自己四十歲時會否變得老了醜了，但當我真的到了四十歲時，發覺原來這個年歲也不是很嚇人，而且我很慶幸自己比預期的狀態為佳！」似乎年齡對她來說，也只是一個數字而已。

⚠ 為自己，要活得好

問到Meling對凍齡的看法，她認為凍齡就如同減肥一樣，都是女生的終身事業：「有一點很重要的是，我們不應該與其他人比較，唯一要比較的對象，只有自己。有時看到同齡的女性朋友們，到了這個年歲，都有點放棄自己的心態，忘記了怎樣打扮，隨便穿一件運動服便外出，沒有為自己裝扮一下，這正正是我最不希望看到的態度！」

⚠ 護膚品，專一勝混搭

美容編輯及博客或者是少數會讓人「愈做愈靚」的行業，經常要出席品牌活動、試用各種最新護膚品、跟讀者分享貼士，造就每一名業者都變成一本活的美容百科全書。談到護膚心得，Meling表示，由於工作關係，她經常接觸不同人士、了解不同人的護膚習慣，亦觀察到自己與其他業界人士在護膚上的分別：「我建議大家在使用護膚品時，盡量揀選同一系列產品，很多人喜歡選擇不同品牌最強的產品使用，我覺得混合太多不同品牌的話，反而會令皮膚過度營養，同系列產品則能互相配合，我相信可給予皮膚最適度的保養。」

⚠ 熱愛運動，保持身形

至於身形方面，Meling鍾情於跳Funky Dance，每星期至少二至三次，並會配合Yoga Wheel。

「我覺得要成功凍齡，必須要找到自己的passion，我找到了運動作為我的興趣，即使與一群小妹妹一起上堂又如何？認老，就等如把自己放進了一個規限之中，這樣子的話就很沒趣了！」

如此瀟灑的態度，難怪Meling經常充滿活力、自信而優雅地出現在大家眼前。

成為耐美子 Check list

- ☐ 忘記年齡，那只是一個數字
- ☐ 為自己，要活得好
- ☐ 護膚品，專一勝混搭
- ☐ 熱愛運動，保持身形

專業化妝師——Shirley Lee

耐美子之凍齡生活真人見本

「室內有許多光源，都會對皮膚造成傷害，所以不能鬆懈。」

姓名：Shirley Lee
職業：專業化妝師
年齡：40+

很多女生都追求白滑膚質，不過天生膚色白淨的女生都心知，一個不小心被太陽「狂吻」，皮膚底層的斑點就會浮面，斑斑長在白皮膚上特別礙眼。擁有白滑膚色的專業化妝師 Shirley Lee 絕對明白箇中痛苦，自言從小到大都極易長斑，所以對防曬加倍嚴陣以待。

室內光源要提防

「我的皮膚屬於偏乾性，很少出暗瘡，但很易長斑。以前小時候不懂得護膚，反而是十多年前女兒出生後，才開始認真護理。」

Shirley 口中的認真，絕對是不分季節日夜，不分室內戶外，堪稱 360 度全天候式防曬。無論是外出工作，還是做「宅女」，每天早上的護膚程序中，塗防曬是必不可少的環節，特別是針對顴骨位，最易接觸到紫外線，她會多塗一點。

「室內有許多光源，如燈光、電腦屏幕的藍光；加上我的職業是化妝師，又比一般人多接觸到化妝枱燈和錄影廠大光燈，這些光線都會對皮膚造成傷害，所以不能鬆懈。」

戶外防曬有裝備

身為專業化妝師，工作環境可不限於後台化妝間，Shirley 經常要參與戶外拍攝，出一次外景，就有機會在陽光下曝曬幾小時，Shirley 直言夏天出外景如臨大敵，她必定會全副武裝上陣。

「我會穿質地透氣的長袖衫褲，帽、傘一定跟身，另外會戴鏡框大一點的太陽眼鏡，最好可以覆蓋顴骨位置；大約每隔兩小時補塗一次防曬產品。我喜歡用一些帶粉色的防曬液，塗上後皮膚會顯得白裡透紅，同時會選擇眼周皮膚都可以塗的防曬品。」

連唇部也不掉以輕心，「我會用有防曬成分的潤塗膏打底，要知道嘴唇是臉上最脆弱的皮膚部位之一！」

吸收維他命C保白滑

如果說防曬是護膚的最前線，那麼後防的補充品也絕不可少。Shirley每晚都會塗含有維他命C的護膚產品，再加每星期一次去角質（peeling），讓皮膚保持光滑透亮。

在飲食上，她也特別注重維他命C的吸收，尤其愛吃奇異果，「因為一個奇異果的維他命C含量相等於兩個橙，對皮膚好之餘，感覺到體質也比以前強壯。」

要皮膚靚、身體健康，維他命C實在不可少，除了奇異果，還有番石榴、黑加侖子和龍眼等生果的維他命C含量都比橙高，不愛吃奇異果的女生，也可以有很多選擇呢！

成為耐美子 Check list

- 室內光源要提防
- 戶外防曬有裝備
- 吸收維他命C保白滑

資深傳媒人——Athena Leung

「不要隨波逐流，把任何潮流痕跡烙在身上，這些東西只會把你標籤在某個時空。」

姓名：Athena Leung
職業：資深傳媒人
年齡：40+

Athena 是資深傳媒人，大學畢業後首份工作就是雜誌記者，之後任職美容編輯多年，亦經常為廣告擔任造型設計師。像許多傳媒人一樣，Athena 不斷求變、求新知，隨著傳媒轉型，她也經常要學習新事物，從文字步向多媒體。或許就是這份對新事物的好奇，令 Athena 充滿活力。年輕，是一種精神面貌。

拒絕隨波逐流

興趣多多的 Athena，緊貼潮流資訊及城中熱門話題，對於保持年輕，她的看法很獨到。

「我的心得是，不要隨波逐流，把任何潮流痕跡烙在身上，這些東西只會把你標籤在某個時空。例如我二十多歲時，非常流行紋眼線、紋眉，但到了我現在四十多歲，這些痕跡就會把你框在二十多年前的時空了！」

Athena 坦率地說，「又如現今很流行的所謂『注入式微調整』，或許當下一刻會讓你感覺良好，但到了另一個潮流出現時，這些東西可能會讓你老態盡顯。加上現今美容產品及儀器都能做到很不錯的效果，所以真的毋須刻意注入任何東西去改善外貌。」

護膚愈早愈好

對 Athena 來說，愛美是她與生俱來的興趣。早在唸小學時期，她已偷偷地拿媽媽的護膚品使用；到了中一、二，寧願省吃儉用，也要買些護膚品，哪怕是最便宜的。

「那時我只有能力購買幾十元的眼霜及防曬品，但回想起來，它們可真幫我一把！尤其是防曬，從小時候便使用的話，的確能減少老化的問題，所以我到現時為止也沒有長皺紋。」

難怪許多人都說，愈早開始護膚愈好，「所以現在外出時，我也會為幾歲大的兒子塗上防曬品，讓他將來 keep 得更好！」

⚠ **提早晚飯保身形**

除此之外，曾經在台灣生活過的她，還有一個關於飲食的小貼士分享。

「很多台灣人都愛吃油膩食物，但身材仍然纖瘦，我發現這歸功於他們早吃晚飯，台灣人晚上六時左右便吃飯了，之後有時間慢慢消化、或者散步，所以想保持身材的女士們，不妨試試從今天起，規定自己七時前吃晚飯吧！」

說起這個不禁感歎，相信香港許多上班族，晚上七點不單未聞飯香，也還沒下班！

成為耐美子 Check list

- 拒絕隨波逐流
- 護膚愈早愈好
- 提早晚飯保身形

耐美子之凍齡生活真人見本

醫療真髮中心主理人——Annie Woon

「任何時候，保持童心都很重要。」

姓名：溫小蘋（Annie Woon）
職業：醫療真髮中心主理人
年齡：40+

上網搜索「Annie Woon」、「溫小蘋」的名字，不難發現有關她的報道：醫療真髮中心主理人、「十大傑出青年」得主，她也是樂壇天后鄭秀文、楊千嬅、容祖兒的御用假髮設計師，甚至當年梅艷芳患癌期間所戴的假髮，也是出自她雙手。除了以上的一堆身分，原來Annie同時也是四子之母，滿滿的生涯履歷表，人生豐盛，外表凍齡。她的人生觀和凍齡觀，都很值得大家學習。

正向思維，擺脫時間無情

對於近年大熱的「凍齡」兩字，Annie 認為這是一個正面的思維：「依照字面解釋，我會認為這等如凍凝年齡歲數，和『老』字絕緣，擺脫地心吸力及時間無情；這是非常正面的想法，我覺得，只要思想保持正向，配合護理及飲食，其實每個女性也可為自己凍齡。」

與時並進，保持活力之道

Annie 的工作與「美」相關，保持外形對她而言，又有沒有造成壓力？

「其實年齡只是個數字，到了某個歲數，有時真的想不出自己真實年齡是多少歲。別讓這數字規限自己的想法，因為中年其實才是人生最精彩的階段，要好好享受及接觸新事物，保持與時並進，自然樣貌也會年輕。」

同時要打理生意、社企事業和兼顧家庭的 Annie，自言是個工作狂，新想法多多，想這也是保持活力之道。

運動健身，流汗令人更精神

有云「相由心生」，在心態上保持年輕積極，的確對凍齡有很大的幫助，而 Annie 在生活習慣上亦不鬆懈，無論日程多緊湊，每星期都會有三天在健身室運動，流汗令自己更精神。

內外調理，注重保濕及食療養生

入冬天氣乾燥，護膚時會加強保濕；此外，她也特別看重食療養生，會定期看中醫保健調理身體、謝絕冷飲，亦會每天食用以紅棗、黑木耳及合桃煮成的糖水，補血補腦，再加每朝一包雞汁，補充體力。

⚠ 保持童心，是最重要的凍齡劑

然而，對 Annie 來說，最重要的凍齡劑，還是來自孩子。

「我有四個兒子，家中就像兒童樂園，和他們玩樂，可放下工作煩惱，順便清空腦袋，讓自己重拾童真，其實任何時候，保持童心都很重要。」

成為耐美子 Check list

- ■ 正向思維，擺脫時間無情
- ■ 與時並進，保持活力之道
- ■ 運動健身，流汗令人更精神
- ■ 內外調理，注重保濕及食療養生
- ■ 保持童心，是最重要的凍齡劑

3-7 公關公司CEO——Phyllis Wong

耐美子之凍齡生活真人見本

「只要不是穿高踭鞋，能走路我都會走路。」

姓名：Phyllis Wong
職業：公關公司 CEO
年齡：40+

公關工作從來不是外人所見那麼風光：工時長，壓力大，既要捱得，又要EQ得，當然，也要「睇得」。從事公關工作二十年的Phyllis，現時已是公關公司的CEO，這位工作狂每日穿梭於籌備品牌活動、與客戶開會、聯絡傳媒之間，完全分身乏術，但依然保養得宜，皮膚水潤亮白！其保養之道，絕對值得好好偷師。

每星期做 facial

正所謂「勤有功」，想要 keep 得好，勤力不可少。Phyllis 說她很重視 facial：

「基本上一星期會做一次，多數會做人手按摩減壓，而一個月亦一定會做一次高科技美容儀，例如 RF、HIFU 這一類，不過遇到工作太忙無時間上美容院，我就會以家用美容儀代替。因為我是一個很多表情的人，所以需要借助做機，減輕出幼紋的情況。」

持續服用營養補充品

做 facial 以外，Phyllis 對進食營養補充品亦很有恆心，「我有吃葡萄籽、魚油丸和鈣片等等，我發現食用葡萄籽半年，面上的斑真的明顯減淡了很多。」

飲綠茶抗氧化

Phyllis 也透露，由細到大她都偏愛飲綠茶，當中的抗氧化成分，對保持容貌年輕也有幫助。

飲青汁、食梅排毒

日常飲食方面，Phyllis 自言很難完全放棄致肥的澱粉質，唯有盡量在晚餐時減少進食，而萬一吃多了，第二餐就會忍忍口。

「不過去旅行時好難忍口，所以如果在旅途中吃多了，我會飲青汁幫助排毒，或者食梅幫助上廁所。」

⚠ 日行一萬步

雖然平日工作忙碌沒有時間做運動，不過Phyllis都會利用僅有空檔，盡量做到日行一萬步。

「只要不是穿高踭鞋，能走路我都會走路。」

要保持外貌年輕，方法有許多種，但恆心和決心，才是最有效的保證。

成為耐美子 Check list

- ☐ 每星期做 facial
- ☐ 持續服用營養補充品
- ☐ 飲綠茶抗氧化
- ☐ 飲青汁、食梅排毒
- ☐ 日行一萬步

耐美子之凍齡生活真人見本

高級行政人員——Bibiana

「按摩三陰交、足三里這些穴位，還有敲打肝經，這些穴位對女性都是非常好。」

姓名：Bibiana
職業：高級行政人員
年齡：40+

年過四十，要皮膚好，自然要比後生女多付出幾倍努力。已「登四」的Bibiana深明箇中道理，在她眼中，護膚除了要做好表面工夫，也要注意身體健康。

玩呼拉圈出汗排毒兼瘦身

正如《黃帝內經》的一句「有諸內形於外」，Bibiana 十分注重做運動：

「皮膚是身體的最大器官，做運動做到出汗，可以達到排毒的效果，除了身體好，皮膚亦同樣受惠。」

因為本身怕曬太陽，也怕跑步令膝蓋受壓，所以 Bibiana 的運動就是在家玩呼拉圈：

「我一星期最少玩三次呼拉圈，每次至少一小時，有時候甚至一星期做足七日，出汗之餘，對改善身形亦非常有效。」

夏天堅持不開冷氣

Bibiana 另一個排毒心得，是夏天堅持家裡不開冷氣，保持高溫環境，加強排汗效果，真正是「no pain, no gain」。

注重皮膚水油平衡

至於平日護理，Bibiana 自言最在意面部幼紋及鬆弛問題，所以在護理皮膚的同時，一定會加入按摩的步驟：「平日我很注重皮膚的深層清潔，也會注意皮膚的水油平衡狀態，所以我會經常做深層清潔面膜和保濕面膜。另外，我會經常用堅果油按摩面部淋巴，特別是耳後的淋巴位。」

簡易美容穴位按摩

Bibiana 喜歡按摩身體上的「美容穴」：「我會趁看電視的時候，按摩『三陰交』、『足三里』這些穴位，還有敲打肝經，這些穴位對女性都是非常好。」

聽罷 Bibiana 的分享，大家也來學學穴位按摩的好處吧！根據資料顯示，「三陰交」位於小腿內側、腳踝對上約三寸（約四隻手指闊度），常按

「三陰交」可保養子宮和卵巢，也有健脾作用，從而緊緻臉部肌肉。

而按壓小腿外側、膝頭以下三寸位置的「足三里」，亦有很好的養生效果，可以調養氣虛血虛、改善腸胃蠕動，對調理脾胃很有幫助。

至於敲打大腿內側的「肝經」，可以改善大腿線條之餘，更能幫助「燥底」人士改善心情。學會這幾個養生穴位，持之以恆，在家也能好好調理！

肝經
（大腿內側）

足三里
（小腿外側、
膝頭以下三寸）

三陰交
（小腿內側、
腳踝對上約三寸）

3-9

時裝網站總編輯——Ceci Chan

「我從小到大都不愛吃甜品，但我很喜歡吃辣。我每日會喝很多水，也會經常煲湯。」

姓名：Ceci Chan
職業：時裝網站總編輯
年齡：30+

一畢業即投身傳媒行業，由雜誌記者做起，至近年轉戰網媒，現在是時裝網站總編輯的Ceci Chan，傳媒經驗固然豐富，不過從她的臉上，卻看不到半點「資深」的痕跡！三十八歲的Ceci，皮膚仍然白淨通透，外形纖瘦宛如少女，加上時尚造型，可媲美時裝雜誌模特兒。

戒甜、多喝湯水、吃辣

皮膚好，Ceci 歸功於飲食習慣：「我從小到大都不愛吃甜品，但我很喜歡吃辣。我每日會喝很多水，也會經常煲湯飲，花膠雞和青紅蘿蔔都是我經常會飲的湯水。」

相信很多人都聽過「醣化」(Glycation) 會令皮膚衰老，原理是血糖在約三十五歲、新陳代謝減慢時會出現過剩情況，引致血糖與蛋白質結合；眾所周知，維持肌膚彈性的關鍵，是膠原蛋白及彈力蛋白，經過醣化的話，兩者會變硬，導致皮膚鬆垮與形成皺紋。

至於吃辣，Ceci 認為可以加速血液循環，促進身體排汗排毒。湯水滋潤、拒絕醣化，再加上吃一點辣，難怪 Ceci 的皮膚可以保持白滑有彈性。

行樓梯當運動

雖然 Ceci 沒有固定做運動的習慣，不過家住唐七樓的她，每日上上落落的運動量可不少，「我住唐樓已經有十年時間，更曾經試過住唐八樓，很多人聽落覺得辛苦，不過對我來說是一個很不錯的運動。」

護膚關注清潔和保濕

至於護膚心得，本身屬於乾性膚質的她，特別關注清潔和保濕，一星期會用超聲波洗面機潔面一次；進入秋冬季節，更會用精油護膚按摩，減少皮膚的脫皮情況。

⚠ 服用健康補充品改善免疫力

看似得天獨厚的 Ceci，其實也被一個問題長年困擾，就是唇瘡。

為了增強身體的免疫力，近年開始進食維他命B雜、魚油丸和蜂膠。

「我以前很容易會生唇瘡，淋巴也會經常發炎腫脹，吃了 supplement 一段時間之後，我發現體質真的有所改善，人精神了，沒以前那麼容易攰。」

一些看似信手拈來的生活小習慣，成就了 Ceci 的一張凍齡童顏！

成為耐美子 Check list

- 戒甜、多喝湯水、吃辣
- 行樓梯當運動
- 護膚關注清潔和保濕
- 服用健康補充品改善免疫力

耐美子之凍齡生活真人見本

星級化妝師——諺瞳．小白

「給自己身體最好的安排，我相信這就是凍齡的不二法門。」

姓名：諺瞳．小白
職業：星級化妝師
年齡：30+

被公認為最漂亮的星級化妝師諺瞳．小白，亮麗外形不輸她化妝筆下的當家花旦及一線女藝人。三十七歲的她看上去，依然恍如二十多歲的女孩一樣，讓每個和她合作過的女性，都羡慕得牙癢癢。

凍齡不如忘齡

對於被譽為「凍齡美女」，小白自己有何看法？

「我想凍齡是每個人的夢想，這是很人性的想法；就好像我養的小動物，我也希望牠能在最好的狀態時延續下去，我想這就是凍齡的定義。」

小白認為，每個人都想留住美麗，但美麗不是只有一種，不要被年齡限制自己。

「我曾經看過一篇昔日影星麥嘉的訪問，當時他已經七十多歲，但外表依然年青得很。他說從來都不需要在意年齡，因為年齡除了在你過世、看病時用得著之外，其實我們每天也是照樣生活，毋須刻意記著自己幾歲。過分在乎年齡的話，代表你硬要把自己塞進年齡的框架中，老了就會病，就甚麼都做不了，所以他從來不會著緊年齡。這個想法我非常認同！我覺得人生有不同階段，青春的時候，盡量享受青春的生活；人大了，變得成熟了，也有成熟的精彩，都是人生必然階段。」

美麗源自均衡身心靈

經常被指比明星更漂亮的她，又會否為了保持美名，而有所壓力？

「沒有呀。其實外貌是天生的，不值得炫耀；反而工作上對自己的要求才是壓力的泉源，外貌可能對工作上有開端的優勢，但亦有可能令人造成誤解，所有事都有兩面。」

那小白又如何保持她的「最佳狀態」？

「我認為情緒、心靈、飲食都要均衡，在自己控制範圍下食得清一點，基本上我很少食肉，參考過很多例子，證實了食物來源單一化，腸道活動可維持得更健康，對保持外貌和身形是一個好方法。消化系統好，皮膚、身體自然好，良好的飲食習慣與作息，會令人心理上也變得更快樂，因為你知道這是給自己身體最好的安排，我相信這就是凍齡的不二法門。」

— PART 4 —

耐美子

之

日常營養飲食建議

本篇研究重點：

・七大主題凍齡飲食提案

・一星期 7 日之建議餐單

・由營養師解說相關知識

由專業營養師提供之飲食建議

以下七份餐單及飲食建議，由營養師李棋華 (Rosanne Lee) 提供。Rosanne 畢業於英國阿爾斯特大學食物及營養榮譽理學士，持有澳洲體適能學院私人體適能運動教練資格，以及英國食物衛生經理課程證書。現於「醫營美集團有限公司」任職首席營養師，提供個人營養及飲食治療諮詢服務，並曾為《Lisa 味道》、《晴報》、《經濟日報 (Topick)》等撰寫健康專欄。

註：以下由營養師提供的各主題建議餐單，由於並不是特別為減肥修身的目的而設，因此餐單之中會列出食物選擇，而相關分量，除有部分會特別註明外，大部分都可因應每個人之個別需要，而進食所需分量。

4-1

耐美子之日常營養飲食建議

護膚餐：營養打底膚質好

要護膚，首先要了解肌膚老化與身體抗氧化能力之間的關係。

作息不正常、過度曝曬，都會增加體內自由基，降低抗氧化的能力，進而導致出現衰老的現象。而支撐皮膚的膠原蛋白，也會因自由基的攻擊和破壞，失去活力、彈性而崩塌，使肌膚出現乾澀、粗糙、鬆弛、細紋、皺紋等情況。

由內至外從飲食入手，為健康肌膚提供所需的營養素，是成為耐美子的第一步！

一日建議餐單

早餐

牛油果雞蛋三文治

高鈣無糖豆漿

小吃

奇異果 1 個

午餐

日式魚生飯配枝豆

無糖綠茶

小吃

車厘茄 1 杯

晚餐

甘筍南瓜忌廉湯

鮮茄秀珍菇燴豬柳

蒜片彩椒炒大蝦

燕麥飯

水果

車厘子 1 杯

耐美子不可不知的營養料理知識

日常膳食中，有哪些食物營養素可提供保養肌膚的作用？

❶ 維他命A：保濕滋潤

維他命A可在含有胡蘿蔔素的植物性食品中找到。胡蘿蔔素進食後，會經肝臟轉化為維他命A，能幫助滋潤和改善皮膚乾燥情況。維他命A亦有抗氧化能力，減少自由基對細胞的攻擊，有效幫助皮膚凍齡。皮膚經常缺水的女生要留意啦！

富含胡蘿蔔素的食物，包括：橙黃色的蔬果或深綠色的蔬菜，如：番薯、紅蘿蔔、南瓜、木瓜、芒果、菠菜、西蘭花等。不過，過量食用的話，則有可能會令皮膚呈現橙黃色！如此情況出現，建議暫停攝取約半個月至一個月，讓體內逐漸將之代謝，膚色也會慢慢恢復正常。

❷ 維他命C：製造膠原蛋白

在這份餐單之中，甘筍和番茄的茄紅素都是很好的曬後食物，而其中的維他命C，都有淡化斑點和黑色素的功效。

維他命C能促進膠原蛋白的製造，幫助肌膚回復原有彈性，可預防皺紋形成和避免皮膚乾燥。維他命C亦有抗氧化功能，有效預防黑斑形成，使膚色變得白皙。一些富含維他命C的食物，包括：檸檬、奇異果、番茄、紅椒、芥蘭、豆苗等。注意水溶性的維他命C，高溫烹煮下會流失，所以生吃蔬果或連菜湯水一併吃下，可攝取較多的分量。

❸ 維他命E：具抗氧化功效

維他命E有強力的抗氧化功效，可潤澤皮膚，延緩肌膚老化。它的抗氧能力亦能保護維他命A不受氧化破壞，並加強其作用。

富含維他命E的食物，包括：堅果類（如榛子、杏仁）、種籽類（如南瓜籽、大麻籽）和植物油（如橄欖油、葡萄籽油、牛油果油）。所以說：「適當食好油，青春不會老！」

堅果含有豐富維他命E。

❹ 蛋白質：補給膠原蛋白

人體在有充足的維他命C和蛋白質營養的狀況下，可以自行合成膠原蛋白，但隨著年紀增長，膠原蛋白的合成速率減緩、流失率增加，導致許多膠原蛋白流失的問題，像是皮膚鬆垮、出現皺紋、關節容易磨損等情況，所以應該要進食足夠的蛋白質，其中豆類、雞蛋、肉類和海鮮，都是不錯的蛋白質來源。

蛋白質是皮膚製造膠質蛋白的要素。

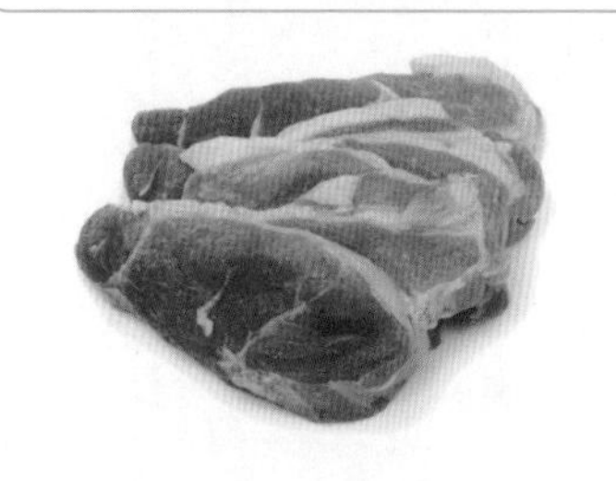

❺ 營養素之外：多喝開水是保濕之最基本功

要皮膚看來水潤飽滿，除了注意吸收上述的營養要素，大家當然也要攝取足夠的水分，每天飲用足夠開水是基本功！

如果認為光喝清水淡而無味，那麼可以飲用花茶、檸檬水，又或一些簡單的湯水，如：青紅蘿蔔豬展湯、南瓜番茄薯仔腰果湯等，都會為皮膚注水補營養的好方法。湯料中的胡蘿蔔素是脂溶性營養素，所以湯中加了肉片或果仁，亦同時為肌膚帶來抗氧效果！

每天喝八杯水是普遍大眾的認知，不過，若要更準確地得知妳身體一日的水分所需，可以根據以下這個公式計算：

體重（kg）× 35 ＝一天所需水量（ml）

4-2 美白餐：肌膚保持白又滑

正所謂「一白遮三醜」，記得高中時，女化學老師跟我們班中愛美的女同學分享了一個貼士——「記住要塗防曬！因為中波頻紫外線 UVB 除了會令皮膚曬傷和紅腫，長波頻紫外線 UVA 更會令肌曬黑和誘發皮膚癌，令肌膚老化！」有人或會說自己天生皮膚白，但再白滑的肌膚，都還是要加以保養呢！除了使用足夠 SPF 和 PA 度數的防曬產品來阻隔紫外線，減少曬傷和曬黑，減低 80% 因紫外線照射而產生的各種令皮膚衰老更快的問題外，營養學上亦有不少「超級食物」，經常食用的話，可以幫助曬後肌膚修復，回復年輕白滑肌。

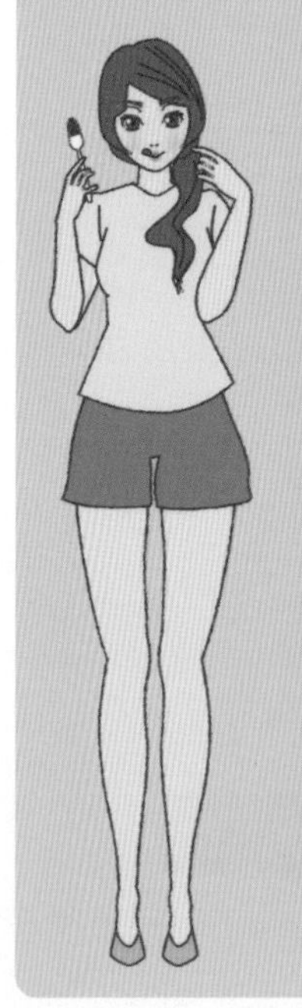

一日建議餐單

早餐

紫番薯 2 個

烚蛋

高鈣豆漿

小吃

雜莓 1 杯

午餐

檸檬鹽燒鯖魚定食

沙律菜

小吃

木瓜

杏仁 8 粒

晚餐

番茄海鮮湯

木耳炒雞柳

蒜香炒紫椰菜

十穀米

水果

紅石榴 1 個

✲ 耐美子不可不知的營養料理知識 ✲

以下給妳介紹，一輩子都不能錯過的三種美白元素及相關「超級食物」：

❶ 茄紅素

建議大家選用番茄時要注意，番茄有許多種類，小顆的番茄含糖量較高，可視為水果類；體積大的番茄則為蔬菜類。其中大番茄好攜帶又可生吃，建議蔬菜量攝取不足者、減重者，可以作為飯後小食，達到蔬菜建議攝取量及增加飽足感。

更重要的是，茄紅素的抗氧化能力，是胡蘿蔔素的兩倍、維他命E的十倍，不僅可以防止自由基造成身體細胞病變，具有防癌效果；更有研究指出，茄紅素能保護皮膚，避免皮膚受光傷害，相等於是可以進食的防曬品！從而也減少皺紋和預防皮膚老化。

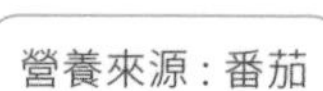

❷ 維他命C

適度補充富含維他命C的食物，有助於阻斷黑色素的生成；同時，能幫助身體自行合成膠原蛋白，讓肌膚充滿彈性。且最重要的是，維他命C更有助形成抗壓力荷爾蒙，可減少都市人由壓力而造成的肌膚問題。

營養來源：奇異果、番石榴、西柚、番茄、檸檬、木瓜等。

❸ 維他命E

維他命E有消除體內自由基、防止皮下脂肪氧化的作用，可增強皮膚表皮和真皮細胞的抵抗力，有助對抗皮膚提早衰老。此外，維他命E更能抑制黑色素在皮膚上沉澱，加速黑色素從表皮、或由血液循環排出體外。

營養來源：橄欖油、堅果類、深海魚（如鯖魚、三文魚）等。

❹ 植物營養素

此外，這份美白餐單之中建議吃雜莓如藍莓、蔓越莓等，以及堅果類食物，因為這些食物可供給身體豐富的植物營養素，還有礦物質鎂、銅、錳、硒，以及維他命A、C、E，這些植物營養素、礦物質和維他命，都可以幫助身體抗氧化，達至美白嫩膚效果。

營養來源：堅果及雜莓，含有豐富的植物營養素、多種礦物質及維他命，可抗氧化，帶來美白嫩膚之效。

耐美子之日常營養飲食建議

健美餐：塑造健康體態美

城中名人如周潤發、毛舜筠等，保持年輕的秘方組合，包括堅持飲食健康和適當的運動，例如每周保持至少三次運動，若不習慣跑步，則可以步行為主，約六十至九十分鐘，懂得透過運動排汗減壓，才能保持身心同步協調，這也是改善皮膚血循環達至凍齡的好方法。做合適的運動量和不過度的節食，對於我們保持高效的新陳代謝是十分重要的。而健美餐單的重點，就是讓我們有足夠的營養去維持肌肉量，有助消脂，亦避免隨年紀增長而流失肌肉。

一日建議餐單

早餐

杏仁奶煮燕麥片

彩椒粒芝士煎蛋捲

小吃

香蕉 1 隻

午餐

燒雞肉三文治 或
番茄三文魚扒意粉

鷹嘴豆雜菜沙律

抹茶

小吃

紫薯 1 個（運動前 30 分鐘）

車厘茄 10 粒

晚餐

紅菜頭蘋果粟米腰果湯

黑椒鮮菇炒牛柳絲

上湯浸菠菜

燕麥飯

小吃

希臘低脂乳酪加藍莓 1 杯

✿耐美子不可不知的營養料理知識✿

保持健美身段，我們要注意消脂，同時也要維持肌肉量，以下相關食物營養素大家不可不知！

❶ 蛋白質

為了提供肌肉足夠蛋白質，可多吃如雞蛋、雞肉、三文魚、海鮮和乳酪等能夠提供優質蛋白質的食物，尤其運動前後都需要進食適量蛋白質食物，以補充運動時的消耗。

營養來源：雞蛋、雞肉、三文魚、海鮮和乳酪等。

❷ 碳水化合物

碳水化合物是幫助肌肉生長的重要元素，如果沒有碳水化合物提供能量，身體便有機會被迫分解蛋白質提供能量，造成肌肉減少，而變成易肥體質。建議選擇高纖碳水化合物食物如糙米飯、番薯等，平日進食這類低升糖指數食物，可保持血糖平穩，但運動前則不宜進食太高纖維的食物，因為有機會令腸胃不適，而運動後則應快速補充血糖，進食正餐，也可吃乳酪加生果，又或其他含有蛋白質和碳水化合物的小吃。

營養來源：糙米飯、番薯等。

❸ 紅菜頭

紅菜頭全身是寶！不但含有美容元素鐵質、鉀、鎂、纖維、維他命A及K，也含其他蔬菜均沒有的甜菜鹼（Betaine）成分，有助身體更易吸收另一種脂溶性抗氧化物維他命E；也就是說，多吃紅菜頭，可間接促進身體有效攝取維他命E，加強身體抗氧化能力；此外，紅菜頭還具有膽鹼（Choline）、卵磷脂（Lecithin）等，可調節新陳代謝，加速人體對蛋白的吸收，並可改善肝功能。

英國《BBC》新聞報道亦有指，每日飲用五百毫升紅菜頭汁，有助增加百分之十六體力，這是因為含有硝酸鹽（Nitrate）的食物可加速血液循環，提升運動表現。但注意非人人適合，如攝取過量，或會造成腎結石。而適量地飲用由紅菜頭煲成的素菜湯和食用紅菜頭沙律，都有助提供身體各種美容營養素，有助延緩衰老。

耐美子之日常營養飲食建議

4-4 元氣餐：精神充沛好氣息

耐美子除了想去斑美白，當然還想一臉紅粉菲菲、白裡透紅，看起來精神飽滿又有好氣息！這樣就要吃多一些紅色、深紫色含較高鐵質，有助補血、令人面色紅潤的食物了。

PART 1 耐美子之基本保養須知
PART 2 耐美子之不私藏環球凍齡研究
PART 3 耐美子之凍齡生活真人見本
PART 4 耐美子之日常營養飲食建議

一日建議餐單

早餐

紅豆紫米粥

小吃

蘋果 1 個

午餐

番茄牛肉通粉

灼芥蘭

檸檬水

小吃

車厘子 1 碗

晚餐

薑汁炒紅莧菜

上湯清酒煮大蜆

紅米飯

甜品

薑汁鮮奶燉蛋白杯

耐美子不可不知的營養料理知識

經常感到疲倦的人，外表看來一定更衰老，所以要注意日常飲食，為身體補給元氣，身體健康，才有一臉好氣息，選擇食物方面，有以下注意要點：

❶ 注意鐵質食物的選擇

大家除了要注意鐵質攝取量是否足夠外，亦要考慮鐵質的吸收率。含鐵食物，有分為動物性來源及植物性來源，而動物性來源的含鐵食物，相對較容易被人體吸收。鐵質含量較豐富的動物性食物來源，包括：牛肉、豬肉、羊肉；海鮮類的蜆肉、蠔、青口等；雞蛋也含有豐富的鐵質，特別是蛋黃的含鐵量比蛋白更高。

由於植物性的鐵質食物人體吸收率相對較低，因此素食者日常飲食中應注意補充含鐵量豐富的食物，如紫菜、莧菜、深綠色蔬菜等；亦可多吃堅果類食物，如黑芝麻、葵花子、腰果等。

在攝取含鐵量豐富的食物時，宜配搭含豐富維他命C的食物，如餐單中的檸檬水、奇異果等，可增加鐵質的吸收率。每餐攝取足夠的蔬菜，飯後再補充水果，都是補充維他命C很好的方法。此外，由於咖啡、茶飲中含有單寧酸，會和食物中的鐵結合，降低吸收率，注意應避免在餐後飲用。

動物性來源含鐵食物：
牛肉、豬肉、羊肉、蜆肉、蠔、青口、雞蛋等。

植物性來源含鐵食物：
紫菜、莧菜、深綠色蔬菜、腰果、黑芝麻、葵花子等。

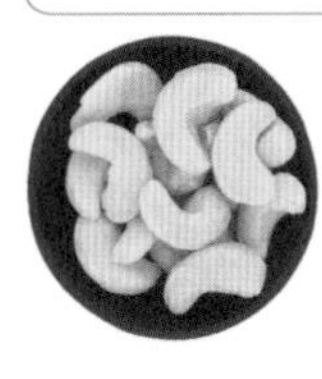

❷ 女生補血必備食物：紅豆、紫米

雖然營養學上，沒所謂「抗衰老」、「暖宮」的方法，但適當地在月經期間及之後的一個星期食對的東西補充營養，不單止可補氣血，更可以美肌瘦身！

紅豆是經期補血的必備食物，也屬於溫補食物，含有豐富的鐵、鉀、鈣、維他命B等，能促進血液循環、減少子宮收縮，進一步讓經痛症狀緩解，是增加經血量排出不可缺少的聖品。此外，還有助於消除水腫，其中的鐵質更能達到補血的功效，使人氣色紅潤。

紫米就是俗稱的「黑糯米」，是碳水化合物食物之一，可提供熱量促進新陳代謝，能有效排除經血，富含膳食纖維、鉀、鈣、維他命B1、維他命B2、葉酸、鐵、鋅、磷等營養素，有助於安定情緒、預防經期性失血而手腳冰冷和面青唇白。

❸ 其他補給元氣食物選擇

其他補給元氣的營養食物，包括含維他命B和鎂的深綠色蔬菜、全穀類、堅果類和肉類，都有助營養素新陳代謝，改善疲勞，也應多吃蛋奶類以提供蛋白質，如蜆肉、牛肉、牛奶和雞蛋，可修復細胞，保持肌膚水嫩，還有足夠的鈣質，如高鈣牛奶、高鈣芝士等，有助減壓安眠，一覺睡出逆齡美肌，翌日又可精神奕奕地迎接新一天。

紅豆、紫米，都可補給身體所需鐵質及多種營養素，有助保持面色紅潤、一臉好氣色。

4-5

耐美子之日常營養飲食建議

高纖餐：幫助消化排毒素

如果一星期少於三次排便，妳可能已有便秘問題！排便不順，會令人感到整天不舒服，而且腹脹又會造成假小腹現象，導致體重增加。高纖維飲食，不僅可以減輕腸胃壓力，有助改善便秘問題，從營養學的角度來看，高纖食物中所含有的各種維他命和礦物質，都同時有抗衰老、纖體、美容之功效！

一日建議餐單

早餐

奇亞籽燕麥片乳酪

高鈣豆漿

小吃

香蕉 1 隻

午餐

燒雞肉牛油果羽衣甘藍藜麥沙律

意式蔬菜湯

小吃

蘋果 1 個

晚餐

紅蘿蔔雜菇魚尾湯

秋葵炒雞柳

毛豆帶子炒西蘭花

十穀飯

耐美子不可不知的營養料理知識

高纖維飲食可以幫助消化、排除毒素，但也不是人人都可以進行。以下為大家解說相關飲食須知，以及推介四大高纖食物。

高纖維飲食須知：

❶ 腸胃敏感者注意

專家建議，成人每天宜攝取約18至30克纖維，最好每天進食兩份水果及三份蔬菜，不過對於腸胃較敏感的朋友，則不宜一下子進食太多高纖食物，需要慢慢增加分量去適應，否則身體會因不適應而產生肚瀉、肚漲、放屁等現象。

❷ 配合足夠水分

纖維質在腸道形成糞便的過程會吸取大量水分，所以每日應飲足夠流質（請參考「護膚餐」的飲水方程式），否則過分高纖而不夠水分，更難排便！

四大高纖「超級食物」：

❶ 牛油果

牛油果不但含維他命A、C、E及玉米黃素等二十種營養素，有助對抗紫外線和補充皮膚所需的優質脂肪（不飽和脂肪），而且也是高纖食物，每個牛油果均含有膳食纖維。不過，要注意每個牛油果都有約三百卡路里（約29克脂肪），不宜吃太多，建議每日吃不多於半個，可與碎蛋攪拌成醬，製成有營小食或早餐多士。而切開的牛油果如果只食用一半，另一半想要繼續保存，建議可以擠一些檸檬汁在牛油果切面上，然後用保鮮紙包實，再放入雪櫃，這樣可以保鮮兩日左右。

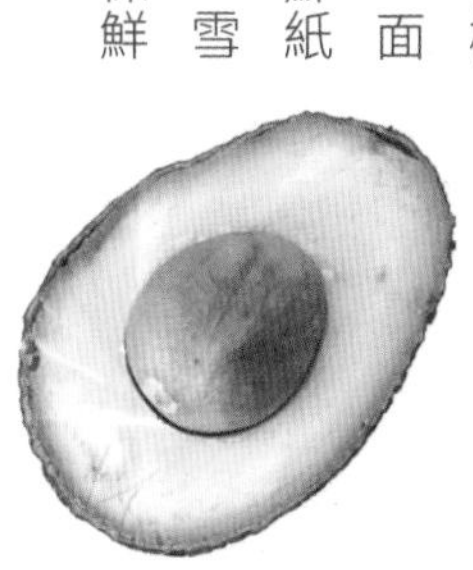

每個牛油果都有約三百卡路里，不宜吃太多，建議每日吃不多於半個。

❷ 奇亞籽

奇亞籽（chia seed）近年被稱為「超級食物」，它的體積細小而碳水化合物量不高，含有優質的不飽和脂肪酸，有助降低膽固醇。另外，有吸水後膨脹的特性，其纖維含量高，每一百克有34.4克纖維，是為身體增加纖維的好幫手。建議可加入燕麥穀類產品和豆漿、杏仁奶等，作為早餐或下午茶小吃。

❸ 枝豆

很多人去日本餐館都愛吃枝豆（又名「毛豆」），除含有豐富植物蛋白質外，枝豆每一百克有5.2克纖維，跟其他豆類如鷹嘴豆、紅腰豆、青豆等，同樣都是高纖、高鉀質的食物，有降血壓、去水腫功效，每日分量可吃半杯（250ml杯容量），即約十五至二十條。

奇亞籽含有優質的不飽和脂肪酸，有助降低膽固醇。

❹ 藜麥

藜麥每一百克約有10至16克纖維，不單止纖維含量是一般穀物的兩倍以上，更富含維他命B和礦物質如鈣、鉀、鐵和抗氧化劑，而且不含膽固醇及麩質（gluten free），不會引起腸胃敏感，對麩質敏感而受濕疹困擾的女士，建議可以將藜麥混入白米、紅米及糙米同煮，可代替意粉和麥類製品，以增加每日纖維量。

藜麥不止纖維含量是一般穀物的兩倍以上，更富含維他命B和礦物質如鈣、鉀、鐵和抗氧化劑。

純素餐：茹素吃出亮白肌

許多女明星都奉行素食，茹素不僅可以減輕腸胃壓力，有助改善膚質，從營養學的角度看，更可以淨化血液、促進新陳代謝、安定情緒。茹素食物中含有各種維他命和礦物質，也有養顏、美容、纖體之效。

一日建議餐單

早餐

牛油果醬高纖麥多士

（可加大麻籽或合桃）

香蕉 1 隻

無糖豆漿

小吃

無鹽雜果仁 10 粒

午餐

茄汁毛豆磨菇燴長通粉

意式雜菜湯

小吃

雜莓 1 杯

晚餐

番茄紫菜香菇湯（連渣吃）

蜜糖豆炒甘筍木耳

芝麻醬凍豆腐

十穀飯

水果

紅火龍果半個

✲耐美子不可不知的營養料理知識✲

吃素聽來很簡單，不過如何吃出一臉亮白美肌，還是有訣竅的，相信並不是人人都知道呢！假如只吃豆腐、青菜，加上過度節制油分的話，不懂適宜的配搭，身體不夠營養之餘，皮膚也會愈吃愈差！

對於皮膚而言，紫外線的照射除會造成即時性的曬傷外，更甚者還會深入真皮層破壞組織，就像切開的蘋果受到氧化會變黃一樣，氣色自然不好！蔬果之中含有許多植物化學素，有抗氧化作用，所以適量攝取蔬果，有助皮膚保持好氣色。

以下提供素食中所含的重要美容營養素對照表，大家可自行配搭換入餐單之中：

美肌素食營養素對照表

美容效果	營養素	食物功效	素食代表
美白	・維他命 C ・茄紅素 ・花青素	維他命 C 能淡化皮膚黑色素，使皮膚嫩白；茄紅素、花青素則有抗氧化作用。	番茄、南瓜、紫椰菜、番石榴、紅火龍果、奇異果
抗皺	・維他命 E ・蛋白質 ・奧米加 3	維他命 E 能滋潤皮膚，改善血液循環；蛋白質可使皮膚緊緻有光澤；奧米加 3 能抗氧化，延緩衰老，促進皮膚膠原形成，保持皮膚幼嫩、光澤有彈性。	雞心豆、毛豆、紅腰豆、豆腐、大麻籽、亞麻籽、藜麥、合桃、杏仁、海帶、螺旋藻
好氣色	・鐵質 ・葉酸 ・維他命 B12	促進身體造血功能，令肌膚紅潤。	紅莧菜、菠菜、海藻、紫菜、露筍、紅菜頭、黑豆、菇菌類
減少黑眼圈	・維他命 C ・維他命 E	可改善血液循環，有效幫助膠原蛋白的合成，改善幼紋，增加皮膚彈性。	堅果類、南瓜子、紅石榴、木瓜、金奇異果

解憂餐：抗鬱舒壓好心情

生活在繁忙的城市裡，人們已習慣每日吃快餐，而且每天都要應付各種各樣的生活壓力，如此這般，身心乏力，也不要談如何能夠保持亮麗的外表了。都市人面對壓力在所難免，但只要平時飲食稍加留意，隨時補給所需營養，加上生活保持規律、注意作息正常，讓自己的身心處於良好狀態，面對壓力時也可應付自如。

一日建議餐單

早餐

芝士番茄碎蛋三文治

低糖乳酪 1 杯

小吃

士多啤梨 1 杯

午餐

檸檬燒鯖魚飯

柚子大蝦沙律

熱茶

小吃

杏仁 10 粒

低脂牛奶

晚餐

龍眼肉合核肉片湯

香草焗三文魚

上湯浸豆苗

藜麥飯

水果

橙 1 個

✿耐美子不可不知的營養料理知識✿

科學研究指出，大腦神經傳遞物質血清素(Serotonin)，是影響情緒、食欲、睡眠等的大腦細胞。大腦的血清素不足，會引起情緒問題，如緊張、憤怒、焦慮或抑鬱等。而要改善心情，可注意多吃以下食物：

❶ 低升糖指數食物

每天均衡攝取低升糖指數的全穀根莖類、高纖五穀類食物，有助穩定血糖，保持開心情緒，包括：糙米、薏仁、燕麥、蕎麥、小米、粟米、番薯、藜麥等。

❷ 含鈣、鎂食物

鈣可使神經穩定、安撫情緒，含鈣的食物有牛奶、高鈣芝士、芝麻等；而鎂可以使肌肉放鬆、心跳規律，含鎂較高的食物有：堅果種子類、綠葉蔬菜、奶類、瘦肉等。

高纖五穀類食物，有助穩定血糖。

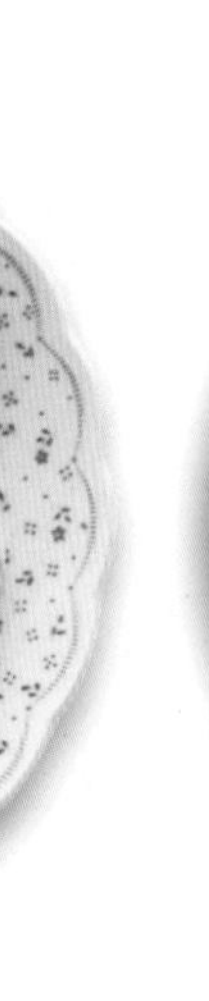

鈣可使神經穩定、安撫情緒，含鈣的食物有牛奶、高鈣芝士、芝麻等。

❸ 維他命B雜

參與體內重要代謝作用，例如全穀類、瘦肉等，都是維他命B雜的豐富來源，抵抗力好，自然抗壓能力高。

❹ 維他命C、E

抗氧化物質可減少自由基對身體的傷害，牛奶、蛋黃、黃綠色蔬菜、小麥胚芽、堅果類等，是優先的選擇食物。

❺ 足夠蔬果

攝取充足的蔬菜及水果，可提供纖維質，有助腸道蠕動，排清毒素自然無煩惱。此外，五顏六色的蔬果，富含植物性化學物質（Phytochemicals），如花青素、茄紅素、葉黃素等，都具有抗氧化功能，令皮膚狀態好，心情好，外表看來自然靚！

牛奶、蛋黃、黃綠色蔬菜、小麥胚芽、堅果類等是優先選擇的抗氧化食物。

茄紅素、葉黃素等，都具有抗氧化功能，令皮膚保持良好狀態。